« Chaque génération ajoute ses livres à l'Himalaya littéraire, mais le lecteur, lui, est toujours seul devant cette montagne. »

MARC BERNARD

Bergfahrt

Ascension

*Si Klaus Herrsche n'avait pas attiré notre attention sur le journal (inédit) de Hohl à Paris, peut-être ne serions-nous jamais allés accrocher nos nez dans les hauteurs d'*Ascension.

Ce texte est paru pour la première fois en 1980 aux éditions Gallimard, sous le titre *Une ascension*. Nous rétablissons ici le titre original.

Ce livre est composé en Hercule.

Le nouvel Attila
127 avenue Parmentier
75011 paris
www.lenouvelattila.fr

LUDWIG HOHL

Ascension

Traduit de l'allemand par Luc de Goustine

Dessins de Martin tom Dieck

Le nouvel Attila

Pour Adolf Muschg

Un immense navire En ce début d'été, de bon matin, au cœur des Alpes, à l'intersection de deux vallées, sur des chaises en fer vertes, à la terrasse d'un café encore endormi, deux hommes sont assis ; à leur allure et à leur équipement, on reconnaît sans peine des alpinistes (épais vêtements de laine et chapeaux de feutre, sacs à dos, une corde enroulée sur l'un d'eux, longs piolets et lourdes chaussures cloutées — l'histoire se passe dans les années vingt de ce siècle). Ils attendent un autobus qui doit les conduire dans la vallée voisine. L'un d'eux, grand, maigre, a un air endormi ; et, peu de temps après, voici qu'il dort vraiment. L'autre, beaucoup moins grand, d'une nature plus ramassée, ne cesse de lever la tête, explorant du regard la crête des montagnes qui se dressent alentour comme une muraille massive, écrasante.

« Pourvu qu'il suive ! » dit-il en un murmure à peine perceptible — à moins qu'il ne fît que le penser — au sujet de son compagnon assoupi.

Sertie profondément dans la masse de la haute montagne, la vallée au fond plat touche à l'apothéose de sa fertilité ; çà et là, un pré a été coupé, alors que tous les autres, immense houle d'un vert éclatant, sont dans l'attente du faucheur. Qui a idée de la magie qu'opère à cette heure matinale et en cette saison, par grand beau temps, une vallée fertile en montagne ? Magie faite à la fois de puissance et d'une indicible et mystérieuse délicatesse. La puissance émane de la profusion des verts, de l'immensité des monts et de la luminosité du ciel, qui est trop intense pour que l'on parle d'un ciel bleu ; l'azur futur attend sous un voile pommelé éblouissant, qui tremble, couleur d'étain (le soleil illumine les hauts sommets bien avant de venir jusqu'ici). La délicatesse, la douceur, l'ineffable se dégagent de ce reste de brume dans les fonds, de ce tintement de faux que l'air rapporte par instants d'on ne sait quel lointain, de cette paix profonde de la vallée. Sur le fond composé de tous les verts, un éclair se détache parfois avec une vigueur prometteuse : la rivière. Ou, plus précisément, l'une des deux rivières qui, non loin d'ici, unissent leur cours sous le couvert des buissons tendres.

Car notre point de vue domine deux vallées, l'angle est ouvert. Et c'est à une distance inouïe que, prenant son appel entre les deux vallées, s'élance la montagne qui, plus que toute autre, s'impose à l'œil : frange sombre des forêts, puis, un degré au-dessus, retenues par de solides contreforts, pentes faites d'abord d'éboulis, puis de rocher neuf, enfin de glaciers, s'élevant jusqu'à la crête suprême qui s'étire et s'achève brutalement en à-pic presque vertical ; cette crête, qui fait la liaison de plusieurs cimes, s'élançant souveraine, immaculée, contre l'éclatement brasillant du ciel, fait le plus grand contraste avec ce qu'une montagne présente de tordu, déchiqueté, bizarre.

Tel est le point de vue que l'on a d'une certaine distance, et d'en bas. Le massif est altier, synonyme de triomphe aisé, incontestable. La partie supérieure de ses flancs, revêtue de névés et d'une roche grise, lisse, à l'éclat soyeux, évoque un bouclier, une cuirasse, un ouvrage ciselé en finesse dans l'acier ou l'argent. Et ce long bâtiment montagneux tout entier, se détachant sur le ciel clair, pourrait également rappeler un grand navire, qui ne ferait pas seulement route dans l'océan des terres, mais dans l'éternité.

Marche d'approche Le matin, s'effectue la première approche, à travers la forêt clairsemée, par un sentier qui serpente sur une longue pente abrupte tout irriguée d'air et de lumière, à la fois fraîche et bercée de la première chaleur. Ull marche en avant, et derrière lui va le grand maigre Johann, mais ils ne vont pas du même pas : certes, tous deux sont courbés, mais l'un davantage encore que l'autre, et ses mouvements sont plus doux, presque décontractés : c'est un bon alpiniste ; le second, par contre, procède tout en force, comme s'il voulait donner des coups à la montagne : un mauvais marcheur.

Bientôt, on est un peu en nage ; les courroies des sacs lourdement chargés pèsent, il y a un point de frottement dans les chaussures, à la ceinture, ou ailleurs ; avec ce bruit toujours pareil des semelles à clous griffant le sol, le tintement de la pointe du piolet sur les pierres, les cailloux qui roulent ; avec cette sensation de ne pas avancer, la marche laborieuse sur ce sentier ressemble à des centaines d'autres. Des profondeurs s'élève le murmure ou le grondement lointain d'un ruisseau, tantôt presque inaudible, tantôt plus discernable. Une heure passe, deux heures... à croire que l'ascension n'aura jamais de fin.

Mais voilà que, d'un coup, beaucoup de choses ont changé. La pente est finie, elle s'est convertie en une sorte d'entablement qui heurte à angle droit le flanc de la montagne en pente douce. La forêt clairsemée a disparu ; ce sont surtout les feuillus qui ont cédé le pas aux sapins, qui eux-mêmes ne se dressent plus qu'à de larges intervalles dans la prairie ; on entre dans la zone des alpages.

Ils sont déjà montés de mille mètres. Une large perspective s'était ouverte. Au bord du chemin, ils s'assirent à côté d'une source, un ruisselet courant sur le roc au milieu d'une large bande d'herbe qui barrait le sentier et montait en zigzag vers la naissance d'une haute paroi rocheuse dont le surplomb prenait la relève des prairies. La température s'était élevée, la pente et les rochers rayonnaient de leur propre chaleur, pas un souffle de vent, une merveilleuse paix s'étendait sur toute chose. L'herbe montagnarde alentour, d'un vert plus cru, plus dure, plus fine et moins haute que l'herbe grasse des vallées, invitait au repos. On apercevait en bas la partie supérieure de la vallée voisine, sa rivière, et au-delà, la dominant à peine, un vrai petit village de rêve ; il avait l'air tranquille, innocent, paisiblement abandonné comme il n'est pas permis à un village dans la réalité, si l'on veut bien nommer réalité l'intimité dans laquelle on vit avec les choses, leur contact immédiat. Le son du ruisseau, ou de la petite rivière — ou même de quelques autres cours d'eau — montait des profondeurs sans interruption, feutré et mélodieux. Ici, cependant, parmi les tapisseries moelleuses des prés aux mille fleurs, les beaux rochers gisent éternellement, les uns ombrés de noir ou de bleuâtre, les autres scintillant, trépidant presque sous la violence du soleil de midi, tremblant d'en renvoyer l'éclat.

« Nous avons tout notre temps ; nous pouvons rester ici une heure ou deux, si ça nous plaît. » Ull avait ouvert son sac pour en tirer une chose ou une autre. Johann aussi avait déposé son sac, mais il restait assis à côté sans bouger. Ull lui tendit une timbale d'eau claire, qu'il vida d'un trait ; il la lui rendit et retourna à son immobilité.

« Tu ne veux pas manger quelque chose ?

— Je mangerai quand on sera là-haut.

— Où ça, là-haut ? Que diable veux-tu dire ? Au refuge, peut-être ? Ou bien demain, au sommet ? »

Un haussement d'épaules tint lieu de réponse.

« Tu sais, pour un alpiniste, c'est très important de se nourrir et cela, dès le début de la course. »

Il allait ajouter : « Si tu ne manges pas maintenant, tu ne tiendras pas le coup », mais il le garda pour lui.

Il faut noter pourtant que Johann, dans la

vie quotidienne, était un gros mangeur, en dépit de sa maigreur. À Paris, dans un petit restaurant, il n'était pas rare qu'il commandât deux menus à la fois, pour un seul couvert ; l'après-midi, il s'achetait trois cents grammes de fromage qu'il coupait en une vingtaine de morceaux et qu'il avalait en un clin d'œil, avec la quantité de pain correspondante. Ainsi, la veille, lorsqu'ils avaient fait leurs provisions au marché, il avait eu l'œil attiré par des boîtes qui contenaient chacune un kilo de corned-beef, et Ull les lui avait déconseillées (parce que ces conserves, qu'on ne peut ni consommer d'un coup ni garder ouvertes, représentent une charge inutile) ; il s'avéra plus tard qu'il en avait emporté trois, en douce. Et quand Johann avait une crise de cafard, ce qui était fréquent, son appétit ne s'en portait pas plus mal, au contraire. Voilà pourquoi Ull était inquiet. Il tenta à nouveau de le convaincre. Et la réponse revint :

« Attends qu'on soit là-haut. »

Sa main désignait en même temps, impuissante, le rempart démesuré, indescriptible, du flanc de la montagne.

Au chalet d'alpage Le premier degré de rocher, modeste, a été vite franchi par un chemin aisé ; il forme le seuil d'une longue terrasse, plate dans son ensemble, l'alpage proprement dit. Ici, tout a changé ! La vue plongeante sur le monde habité est brusquement interrompue ; de vastes champs de neige d'hiver subsistent à côté d'étendues semblables, mais revêtues d'une herbe étiolée, et d'autres, plus verdoyantes, où fleurissent par milliers des perce-neige. Trois chalets se trouvent là ; quelque part. En cette saison, l'alpage n'est naturellement pas encore habité. Aucun signe de passage humain (comme d'ailleurs pendant toute l'ascension depuis qu'ils ont quitté le dernier hameau ; à part le sentier et une petite meule de foin, ils n'ont pas rencontré trace humaine). Et il fait frais, ici, car l'après-midi, le soleil ne donne plus sur la face nord de la montagne, particulièrement là où, comme c'est le cas, sitôt après l'étroite terrasse, se dresse brutalement la pente raide, haute de six cents mètres au moins, hérissée de rochers entre lesquels s'étend encore et toujours la neige.

Ull s'est arrêté sur place et scrute intensément les hauteurs, enfin, il hoche la tête.

« Regarde, regarde là-haut, à mi-pente, la paroi noire, presque triangulaire ! C'est à ses pieds que doit se trouver le chalet — je veux dire le refuge où nous devons passer la nuit. »

Mais on ne voyait rien à l'endroit indiqué, que la surface unie de la neige.

Ull poursuivit : « Que, cette année, l'été avait du retard, je le savais, mais à ce point... Enfin, ou le refuge a disparu — incendié ou détruit — ou alors, il est complètement enseveli sous la neige. »

Ils traversèrent le plateau pour aller visiter les chalets d'alpage, qui se situaient à deux minutes les uns des autres. Le premier était hermétiquement fermé, le second en ruine, le troisième se prêterait éventuellement à un séjour. En bas, une étable au sol couvert de bouse, mais entièrement vide ; au-dessus, un grenier suffisamment garni de foin, et même, une petite provision de bois. On y accédait extérieurement, à l'opposé de l'entrée de l'étable, par deux marches ; car le chalet était bâti à contre-terrier, à l'abri d'une longue éminence (en laquelle on reconnaissait sans mal une vieille moraine). Cette circonstance avait son importance pour ceux qui logeaient au chalet car le grenier à foin avait certes une toiture, mais pas de murs à proprement parler : les planches verticales ne jointaient pas mais laissaient entre elles un intervalle égal à leur propre largeur. Protection significative contre le vent… Et, comme presque toujours, près du chalet coulait une source.

« Qu'en penses-tu ? reprit Ull. Je crois qu'il vaut mieux que nous restions là. Passer la nuit ici a ses avantages et ses inconvénients.

Demain, l'ascension durera une heure de plus. Mais il sera vraisemblablement impossible de débloquer la porte du refuge, et même de le trouver. De toute façon, là-haut, nous ne pouvons ni puiser d'eau ni faire de feu. Si nous y grimpons aujourd'hui, nous risquons d'avoir fait le chemin pour rien et d'être obligés de revenir ici pour la nuit. » Johann n'avait rien à objecter.

« Je te conseille de faire comme moi », dit Ull, alors qu'ils se disposaient déjà à se coucher, en cette fin d'après-midi. « On se creuse d'abord une tranchée dans le foin, comme ça, aussi étroite que possible, c'est-à-dire que les murs de foin, de chaque côté, doivent être aussi resserrés, hauts et droits que possible. On met le sac à dos dans le fond, comme oreiller. Et la couverture par-dessus. » C'était une couverture très médiocre, qu'ils avaient emportée par précaution, elle n'était pas grande, et surtout pas lourde. « Quand on s'est étendu dans la tranchée, il suffit de quelques mouvements pour faire retomber le foin sur son corps ; on est enfoui si profond qu'on ne craindrait rien, même si le froid était plus grand. Johann ne suivit pas l'exemple.

Il passa une nuit tout à fait détestable. Ull se réveilla une première fois, entendant un remue-ménage ; quelqu'un farfouillait dans le noir.

« Tu cherches quelque chose ?

— Oui, répondit Johann sur un ton aigre et presque pleurard, le vent souffle encore par une fente, il faut que je la bouche. »

Plus tard, Ull s'éveilla encore : Johann se démenait à nouveau dans la pièce, on entendit une planche tirée, et un léger sanglot ; interpellé, il répondit de la même voix que précédemment que non, ce n'était pas le même trou, c'était par un autre que le vent sifflait insupportablement !

« Mais, tout le mur est fait de trous ! Enfouis-toi donc dans le foin ! »

À ce moment de la nuit, il n'y avait pas un souffle de vent et l'on pouvait difficilement l'accuser de siffler. Certes, on percevait de temps en temps un grand mugissement lointain semblable au bruit de la mer, prolongé comme s'il eût été émis par un immense soufflet, actionné lentement, soupirs semblables à ceux que pousse doucement un dormeur — mais pas une créature d'une taille animale ou humaine : ce dormeur était-il la montagne en personne ? Puis retombait le grand silence de la nuit, ce silence puissant dont le fond est un bourdonnement constant, mélodieux, si doux qu'on cesse de l'entendre dès que le moindre son s'élève, et qui revient ensuite, énigmatique et inchangé, comme s'il provenait de chaudières gigantesques que — les eût-on cherchées — on n'eût jamais pu découvrir.

Rêve d'ours Une fois, Ull sortit voir comment le temps évoluait ; la veille, quelques indices avaient eu de quoi inquiéter ; de fait, le ciel était entièrement couvert.

Chaque fois qu'Ull émergeait du sommeil (pour y replonger aussitôt), il trouvait Johann éveillé, l'entendait souffler, gémir, bougonner, tout bas. En déduire que Johann avait passé une nuit blanche eût été inexact ; une chose suffirait à le prouver : il rêva, et ce rêve lui parut si important que, le lendemain, rompant son silence ordinaire, il en fit à Ull le récit intégral :

Il se trouvait en situation critique, oui, plus que critique. Car ce qui menaçait, le péril qui le guettait, n'était autre qu'un ours, et pas un petit ours apprivoisé, en cage, mais un ours énorme, en liberté, et ce n'était pas la mignonne expression de son museau qui faisait illusion sur la réalité de ses intentions et sa terrifiante férocité. Johann était anéanti, paralysé, incapable d'entreprendre, ou même d'esquisser le moindre geste efficace. Mais il y avait quelqu'un d'autre ; ils étaient deux à affronter le monstre. Cet autre était un ancien camarade de terminale, le meilleur mathématicien de la classe, à l'époque, un type absolument sec, qui avait coutume de tout expliquer par les maths. Le spectacle de l'ours ne l'impressionnait pas, au contraire, il exposait une théorie complexe sur la façon de s'opposer à l'ours et de s'en rendre maître et mettait tous ses soins à donner de la méthode en toutes ses parties une démonstration explicative ; il se comportait exactement comme un joueur d'échecs qui ne joue pas lui-même mais enseigne à un autre tel coup, ou tout l'enchaînement d'une tactique, pédagogiquement, avec détachement, fasciné par le détail, et moins soucieux de la victoire que de la perfection de la bataille. Tout cela, quoique bourré de bonnes intentions, ne contribuait en rien à mettre en fuite l'insolite et dangereux compagnon. Alors, arriva Ull.

Il riait tout bonnement. (Il avait ce sourire très particulier, qui frôle le sarcasme et qui, en un clin d'œil, bascule dans l'expression de la concentration la plus intense.) L'air de rien, paraissant encore moins grand que d'habitude. Mais quel équilibre, quelle assurance émanaient de sa personne ! Rien qu'à sa manière de marcher sur l'ours, on voyait que son sort était réglé. Il se dressait devant lui, menu, fragile comme une figurine d'ivoire, sous une masse dont la hauteur et la carrure l'écrasaient, et qui n'était pourtant plus qu'une chiffe molle et sans énergie ; immense et grassouillet, il baissait piteusement la tête. Et Ull n'eut qu'à lui faire signe de s'en aller, et l'ours s'en fut.

Le versant de la mélancolie Comme, dès le petit matin, la pluie s'était mise à tomber résolument, Ull se vit dispensé de la pénible tâche de décider s'il était ou non raisonnable d'entreprendre l'ascension ; la pluie devait durer tout le jour, et les alentours immédiats rester presque entièrement ensevelis sous une brume épaisse.

De telles journées d'attente en montagne sont longues, mais moins qu'on ne croirait, du fait que toute perspective d'action ou de vision lointaine étant bouchée, l'on est contraint de se retourner vers les choses immédiates, familières, ces menus objets si proches qu'ils étaient jusqu'alors passés inaperçus et où l'on fait d'insolites découvertes. Le contenu du sac à dos prend une vie nouvelle (l'aiguille et le fil, par exemple, pour recoudre un bouton) ; et puis, devant le chalet, le tas de pierres où l'on en choisit une (ou plutôt deux) dont la forme permet de renfoncer un clou détaché de la semelle ; sous la porte, un drôle de scarabée entre pour se livrer à une activité dont la portée nous échappe ; et, si tu fais silence et demeures immobile, tu verras certainement, au bout de quelques minutes, une souris. Les petits blocs de pierre et billes rocheuses d'une vieille moraine toute proche, à laquelle on n'aurait porté aucune attention, sont devenus le siège de mille métamorphoses parce qu'elles constituent, dans le brouillard actuel, la limite extrême du monde. Si l'on est suffisamment pourvu de vivres et de tabac, il n'est pas rare qu'on sente, ces jours-là, une joie particulière. Les sources de la mémoire se débrident ; les montagnards rompent leur silence — les bons alpinistes sont presque toujours des êtres laconiques — et se mettent à faire le récit (ils n'en ont ordinairement ni le temps ni la disposition d'esprit) de courses passées, parfois très anciennes, d'heures ou de quarts d'heure de triomphe ou (plus souvent encore) d'angoisses et d'épreuves qui sont entre-temps devenus souvenirs triomphaux... Ull aurait bien voulu faire de même ; mais toute tentative était vouée à l'échec à cause de l'état de son auditeur — qui n'avait pas grand-chose d'un auditeur. Comment s'adresse-t-on à une statue de bois ou de plâtre ? Johann regardait quelque part — quelque part ? Non, il ne regardait nulle part. Rien ne trahissait plus en lui la moindre vie intérieure.

Tout à coup, son regard se fixa ; son visage s'anima ; ses yeux ne pouvaient plus se détacher d'un objet qui les fascinait. Il contemplait, comme dans un miroir.

Une fois, en effet, pendant cette journée couverte, une fenêtre s'était creusée dans la masse nuageuse, ouvrant une vue lointaine sur une vallée d'alpage au versant anodin et désespérément insignifiant. Les grands flots nébuleux se retiraient de part et d'autre, s'enflant, comme par jeu, s'étirant et filant sur un courant paisible. La vision qui s'encadrait ainsi était celle d'un paysage absolument monotone de prairies en pente raide sur de vastes espaces — quoique ce ne fût là qu'un front dont la partie supérieure, ainsi que les trois autres côtés, se perdaient dans la brume. Cette pente était régulièrement striée de filaments innombrables, gris ou jaunâtres : des ruisseaux enflés par la pluie ; sur toute son étendue, elle n'offrait ni à-pic rocheux, ni ravine, ni le moindre accident qui eût distrait le regard : sa monotonie était parfaite ; avec sa couleur vert olive ou gris-vert, sous l'inimaginable lumière éteinte qui ne cessait de la dissoudre davantage en détails minuscules et cachés, elle avait véritablement pris le visage de l'infini. Et dans cette monotonie, cette opacité, cette infinitude, elle produisait à cette heure plus d'effet que, sans doute, n'en eussent produit les plus acérés des pics et les plus vives arêtes montagneuses ; plus fascinante encore avec son air de délicatesse, son ineffable obscurcissement, sa douce nostalgie, son infinie mélancolie. Personne, par beau temps, n'eût remarqué ce versant ; ce n'était qu'une simple pente, un intermédiaire, une liaison sur laquelle les yeux glissaient pour atteindre les arêtes, les dents, les cieux; et voilà que, par l'arbitraire des éléments, une voix lui était donnée, et que les cimes s'étaient tues.

Départ matinal Ce n'est pas pour rire qu'à deux ou trois heures du matin, quand le sommeil est d'ordinaire le plus profond, on se lève dans le noir du chalet où siffle le vent, dans la nuit inhospitalière de la montagne ; la nuit en montagne rend toute chose plus inquiétante qu'elle n'est, grossit à l'infini le contour et la présence obscure du massif, semblable en vérité à ces créatures démoniaques des rêves qui, dans le demi-sommeil de ces nuits, angoissent parfois même de vieux alpinistes, si sûrs d'eux pendant le jour. L'obscurité du chalet accentue l'impression de froideur et, même quand on a pu, après plusieurs échecs, à tâtons et laborieusement, allumer la bougie dans la lanterne, cette lueur vacillante, projetant de toutes parts des ombres géantes en mouvement, ne risque pas de réchauffer l'atmosphère. C'est le cas de le dire : ce genre de lanterne fait plus d'ombres que de lumière ; et ces ombres bougent, parce qu'on doit souvent changer la lanterne de place, parce que les hommes bougent, parce que la lanterne, là où elle est accrochée, se balance, enfin parce que la flamme elle-même flageole. Sa clarté ne permet de voir distinctement que dans un cercle étroit où il faut essayer de regrouper tous les ustensiles. À la sensation de froid s'ajoute, pour accroître le malaise, le sentiment que l'on est de plus en plus sale ; on ne peut éviter que des brins de foin s'accrochent aux vêtements, et ce foin est poudreux, court et piquant ; il en reste partout obstinément collés qu'il faut éliminer à la main un à un ; mais il s'en est introduit aussi sous les vêtements, dans les manches, dans le cou ; et parmi les cheveux. Alors, celui qui se lève dans le noir et le froid est tenté de ne plus faire un geste, mais de rester là, mains dans les poches, dos voûté. S'il bouge sans réfléchir, il se cognera sûrement la tête à une poutre ou passera le pied par une des inévitables fentes qui séparent les planches.

Si enfin il pousse la porte, qui ne cesse de grincer et de se plaindre, il se peut qu'un coup de vent l'arrache de sa main pour la rabattre contre la cloison extérieure ; alors lui apparaît l'univers montagnard — étrange et cristallin sous la lune, si elle luit, sinon étrange et sombre — et la sensation de froid augmente encore, même si, en vérité, le froid n'était pas moindre à l'intérieur du chalet.

Dans ces conditions et le lever comptant, pour ainsi dire, au nombre des difficultés de l'ascension, c'est d'ordinaire le guide qui, déjà, entre en fonction : c'est lui qui se lève le premier, éveille les autres, et, dans la mesure des possibilités, se charge de préparer un petit déjeuner chaud. Ull s'était dressé aux premiers faibles tintements de son réveil — une montre gousset — mais son compagnon ne lui donna pas de mal car, quand il alluma la bougie, celui-ci avait déjà les yeux grands ouverts et, ayant aussitôt enfilé ses chaussures, il demeura assis, immobile.

Nulle occupation ne le sollicitait, il n'était pas curieux de voir le temps qu'il faisait. Ull allait à présent, emportant la lanterne et une petite casserole, descendre dans l'étable afin d'y apprêter, sur un foyer construit la veille en pierres, et avec du bois également préparé, une boisson chaude. Quand celle-ci fut prête, il en apporta d'abord à Johann : « Prends, dit-il, ce breuvage te donnera la force d'un géant. » (Il se forçait un peu à plaisanter.) Johann fit bon accueil à la boisson, mais ensuite, il ne parut pas envisager de manger quoi que ce fût. Ull se vit obligé de le sermonner énergiquement : c'était indispensable, il devait se forcer, etc., sinon, il aurait certainement la nausée pendant la première heure d'ascension... Après le repas, il se mit à suspendre en hauteur, par une ficelle, une partie des affaires qu'ils devaient laisser sur place, en expliquant qu'il valait mieux cela, parce que l'on n'était jamais à l'abri des souris et des rats.

« Des rats », dit Johann ; c'était les premiers mots qu'il prononçait, ce matin-là.

Ull était sorti le premier afin de faire le point du ciel au petit jour, avant de se mettre en route ; ayant escaladé la vieille moraine, il cria : « Il bruine encore un peu, mais l'air est délicieux, un air de glacier, bientôt il fera un temps splendide ! » Et disant cela, il frappa violemment de la pointe d'acier de son piolet un rocher... Il vit alors la silhouette de Johann, comme un fantôme, l'épier par une fente entre les planches de la porte.

Surpris par le timbre clair, acerbe, de la voix humaine venue de l'extérieur, contrastant avec les sons amortis qui frappaient son oreille auparavant, il avait sursauté. Mais il fit son entrée dans ce monde du dehors où flux du jour et reflux de la nuit luttaient pour l'emporter ; le vent qui l'accueillit était glacial. Après qu'il eut fait quelques pas, le chalet sur lequel il retourna les yeux avait repris son quant-à-soi et commençait déjà à se muer en froid colosse, semblable à ces rochers dont il avait la teinte métallique. Le dernier réconfort — car, on le sentait bien à présent, une sorte de confort avait réellement régné dans le chalet — le dernier réconfort s'était évanoui, on était parti.

Glacial était le vent : quant au temps, on ne pouvait pas dire qu'il était beau ! D'épais nuages, virant vers le gris et le bleu-noir, planaient bas dans le ciel; tout autour, les pentes austères dont les détails gagnaient en acuité à vue d'œil, formaient au premier plan une masse de bronze, s'échappaient sur les flancs dans l'espace inconcevable des profondeurs et des lointains, et se perdaient vers le haut dans les replis grisâtres d'une brume fuligineuse; pas une perspective ne s'ouvrait librement vers les sommets, et pourtant, tout attendait là-haut: le roc, le glacier et les crevasses, les cheminées obscures, les terribles tempêtes et les efforts monstrueux...

On voyait seulement, à la verticale, des lambeaux de ciel pâles et minables, piqués d'une étoile amoindrie; la masse noire de la montagne, emportée par le bouillonnement de ces nuées formidables, atteignait d'invraisemblables altitudes; là-haut, pas une crête sur un fond de ciel clair dont les pointes libres ne se détachent comme un appel: gigantesque, le corps de pierre de la montagne gisait là, conjugué avec l'éternité, l'univers était une chaudière fumante, terrifiante, inhumaine, et la voix d'Ull était la seule à appeler.

Montée au refuge La terrasse d'alpage fut vite traversée et l'on commença d'attaquer la vaste structure composite du flanc de montagne. Ull suivit d'abord un vague sentier qui ne tarda pas à disparaître sous la neige ; tout, à présent, en était recouvert. (Dans les rigoles plates et dans l'intervalle entre des pans de rocher d'inégales hauteurs.) La terrasse ne cessait de plonger vers le bas ; elle se faisait plus lisse encore, absolument lisse. Et voilà que l'éclat du petit jour frappait ce plateau d'une manière étrange : les mille petits cours d'eau (que l'on n'aurait pas remarqués plus bas), la surface des flaques gelées, et même les pans de neige, étaient comme des plaques métalliques arrondies par un emporte-pièce multiforme qui se détachaient sur le fond sombre ; certaines de ces plaques, de platine ou d'étain, dont les bords incurvés tissaient des entrelacs d'une incroyable finesse de tranchant, étaient parfaitement mates ; les autres, extraordinairement brillantes, émettaient une lumière intense, sans fluctuation aucune, ni vibration quelconque, sans l'ombre d'une teinte chaude ; leur clarté blanche et vive déchargeait d'un seul coup sa lumière et, tout éclatante qu'elle fût, cette clarté restait d'une dureté impitoyable. Cette continuité, cette infaillibilité sans nuances, était un trait propre aux terrifiants miroirs (qui ne reflétaient rien) et aux parements de métal mat. Que l'on se représente maintenant l'infinité de ces structures — et particulièrement des méandres formés par l'intense ramification des ruisselets — et qu'on les situe tous merveilleusement reliés entre eux sur la tonalité sombre de l'arrière-plan — et l'on se sera fait une faible image du somptueux ouvrage de forge que ce plateau, basculant à l'abîme, offrait au regard froid du jour commençant.

Le temps — eh bien non, il n'était pas beau ; toujours pas, en dépit des prévisions d'Ull ; certes, on apercevait le plateau en dessous, mais peu de chose au-delà : de lourdes masses nuageuses se pressaient alentour ; et même, de temps à autre, le vent apportait une rafale de fins flocons de neige.

Après environ une heure d'ascension, Ull modifia un peu sa direction ; il franchit horizontalement un champ de neige moins pentu vers le pied d'une haute et sombre paroi de rocher (dont la silhouette triangulaire n'apparaissait plus, de si près) et, sur la surface neigeuse devenue presque parfaitement plane, il ne se mouvait plus qu'avec hésitation ; enfin, il ficha le manche de son piolet droit dans le sol et demanda :

« Tu entends ? »

Johann leva les yeux : « Non. »

Il l'enfonça encore à plusieurs reprises jusqu'à ce que Johann perçoive le bruit sourd.

Ull eut un rire bref. « Nous sommes sur le toit.

— … Mais alors, on ne peut pas entrer ? »
Il parlait presque à regret, à moitié conscient de l'absurdité de sa question.

« Reste ici. Le toit est horizontal, ou presque, et en amont, il est dans le prolongement de la pente, si je me souviens bien. L'entrée est orientée vers l'aval, il n'y a qu'à repérer l'avancée du toit. »

Il se dirigea dans cette direction en sondant sans arrêt au piolet, comme on le fait sur un glacier riche en crevasses. Et voilà tout à coup que se creusait dans la neige un trou, visible seulement de près, mais dont les contours galbés se laissèrent aisément agrandir, ouvrant au regard un gouffre abrupt qui s'élargissait vers la base et, dans la pénombre du large auvent de toit, on discernait l'amorce d'une porte.

Ull descendit le premier dans le trou, après avoir ôté son sac ; il parvint à tirer un verrou, à faire céder la porte à coups de pied, et il s'enfonça tout entier dans l'abri. Touffeur crépusculaire, sépulcrale.

On trouva vite une bougie qu'on alluma. Une unique couchette, mais assez large pour plusieurs personnes, occupait l'essentiel de la pièce. Il y avait en outre une table et un vieil appareil, poêle et cuisinière tout à la fois. Ce qui manquait cependant : de l'eau et du bois de chauffage. Et puis, pourrait-on dégager la cheminée ? Ça n'était pas certain.

La halte ne devait pas être longue.

Montée au glacier Dans la suite de l'ascension, la progression s'avéra bientôt pénible parce que la neige se faisait plus profonde et — chose étonnante pour l'altitude et pour l'heure — plus molle ; la chaussure y enfonçait parfois complètement. Une heure passa ainsi, et encore presque une heure, avant que la pente enfin ne s'arrondisse et ne se fasse plus douce ; le grand rempart montagneux avait été franchi, et un nouveau plateau atteint, parallèle à la terrasse d'alpage mais de sept cents mètres plus élevé. L'ascension avait coûté des efforts si peu communs que l'on n'avait guère pris garde à l'état du ciel ; mais à présent, à peine avait-on atteint le seuil du plateau qu'il se chargeait de rappeler l'attention, et de la manière la plus brutale ; le vent qui sifflait pratiquement sans interruption sur la blanche étendue était si violent, si inexorable, que, d'emblée, lui seul accaparait toute pensée.

On aurait dû faire halte, mais où ? Au bord de la plaine, quelques rochers dépassaient encore de la neige ; mais pas un parmi eux, semblait-il, n'avait de paroi sous le vent qui fût assez abrupte et assez haute pour offrir quelque abri. C'est pourquoi Ull, repoussant la halte à plus tard, continua.

Non sans avoir auparavant levé les yeux (autant qu'il le put entre deux rafales) vers la cime des monts qui redevenait visible d'ici, pour la première fois depuis qu'ils avaient quitté le petit café de la verte vallée, et qui les dominait encore de mille mètres au moins. Mais comme elle avait changé d'apparence ! Plus question de fines ciselures dans l'argent ; le rocher se révélait comme un violent chaos d'arêtes vives, d'escarpes, de tours, de sombres fissures, de couloirs à pic ; le tout, à l'exception des dalles verticales, entièrement poudré de neige nouvelle (de la veille et de l'avant-dernière nuit). On ne voyait d'ici qu'un seul glacier, dans sa partie supérieure — ainsi qu'à son extrémité la plus basse, là où, franchissant une roche droite, de la taille d'un immeuble, il s'achevait en imbroglio de formes bizarroïdes, que les alpinistes, dans leur jargon, nomment un sérac. (Elles attendaient là que leur heure fût venue d'aller, l'une après l'autre, basculer et exploser.)

Les séracs. Un glacier est un fleuve de glace qui coule lentement. Comme son lit n'est jamais creusé régulièrement, là où la pente s'accentue (la où l'eau d'un torrent bouillonnerait) se constituent des fissures — ou crevasses ordinaires — qui sont perpendiculaires à la direction générale du glacier. Mais il arrive aussi que le terrain se dérobe latéralement, ce qui produit l'ouverture de crevasses perpendiculaires aux précédentes, d'où naît un réseau de carrés et de rectangles (ce n'est qu'un schéma, la réalité est naturellement plus complexe). On peut alors parler d'un dédale de crevasses, mais aucunement d'un sérac ; ce dédale de crevasses est peut-être l'état préliminaire à partir duquel peut se constituer un sérac à condition que, selon un scénario difficile à cerner, diverses circonstances y concourent.

Tout glacier comporte à coup sûr des crevasses, même insignifiantes ; les vrais séracs sont cependant relativement rares — et cela, justement parce qu'il faut des circonstances très particulières pour en créer. Du réseau de carrés et de rectangles se sont d'abord formés des cubes et des parallélépipèdes ; comment ? On dirait que le glacier a été haché. (Qui l'a haché ?) Les parallélépipèdes dominent ; à un stade plus avancé, on croirait plutôt des tours et des tourelles, irrégulières en taille comme en angles d'aplomb et de toutes les formes imaginables. Elles peuvent avoir deux ou trois mètres de haut, ou, exceptionnellement, dix mètres ; leurs flancs sont arrondis, ou concaves ; leur sommet est effilé, ou massif ; elles penchent à tel point qu'on croit les voir s'abattre (ce qu'elles feront, tôt ou tard). Quel phénomène est donc à l'œuvre dans le glacier ? Le terrain sous-jacent, l'invisible fond rocheux, y est certainement pour beaucoup ; ainsi que le rayonnement solaire qui irradie les blocs, presque toujours sur la même face, les fait fondre, et cette eau ne s'écoule que pour aller geler en profondeur ; la pesanteur même des blocs, verticalement ; longitudinalement, la puissance motrice du glacier. Pour ramasser en une formule mathématique les effets concurrents de ces divers facteurs — et d'autres encore — il faudrait recourir au diable, au moins ; et ce n'est même pas lui qui livrerait la formule. Cela ne s'explique pas, les séracs sont là, tout bonnement : ils existent !... Parfois, et c'est exceptionnel, on voit se rassembler des silhouettes presque semblables, tournées dans le même sens, d'un format modeste, et l'on dirait que c'est un troupeau de bestiaux; mais la plupart du temps, elles sont en tout point aussi disparates que possible... Où est la surface du glacier, comment se présente-t-elle ? Difficile à dire. Elle est là sans y être. Quant à parler de surface, impossible. Ici, au pied d'une tour géante, une solide corniche... qui a deux pas de large et s'achève dans un trou d'une dizaine de mètres. Là-bas, on voit très bien qu'une des silhouettes repose sur un pilier, dont le fût disparaît dans l'insondable ; une autre cependant, à ce qu'il semble, s'enracine dans une pente neigeuse et ferme qui, vue d'ailleurs, s'avère être une mince pellicule de neige sur une très gracile arcature de glace sous laquelle ne s'étend que le vide jusqu'à de grandes profondeurs où, vraisemblablement, la même chose se reproduit. Parfois, dans les tréfonds, on entend couler des torrents... Car le glacier n'a pas été « haché » seulement d'en haut ; de profil aussi, il a été réparti en toutes sortes d'antres, de salles, de niveaux ; semblable aux fondations, profondes de plusieurs étages, d'une usine écroulée ; si, par miracle, on pouvait un instant percer les ténèbres de cette substruction, la vue qui s'offrirait rappellerait certaines œuvres d'un Piranèse.

Mais en haut, ces formes mutilées et raides n'ont aucun rapport entre elles ; l'une est de guingois, l'autre jaillit comme une flamme, d'autres se penchent si bien qu'on se demande comment elles tiennent, les unes grasses s'agglomèrent, les autres tenant leurs distances, la plupart au coude à coude — effrayantes et grotesques ; carnaval d'ombres et de formes, cornes d'aurochs, dents de vampire, lions dressés, ours dansants, caricature de mitron, ou de meunier portant le sac sur son dos, ou de notable en haut-de-forme, de veuve drapée de voiles noirs de pied en cap, de crocodiles et de dragons.

Ull montrait le rocher par-dessus lequel était apparu le sérac.

« Horrible ! » s'écria Johann.

Le plus grand comédien du monde n'aurait pas mieux donné au mot son expression.

La tempête de neige Ils traversèrent le plateau, non pas en direction de la paroi rocheuse, mais par une large boucle afin d'accéder au glacier en amont du sérac. Le vent forcissait. Ull vint en aide à Johann pour attacher son chapeau comme lui-même l'avait fait en marchant : les bords complètement rabattus, maintenus sur les oreilles par un grand foulard passé sous le menton et dont on nouait les pointes sur la coiffe. Ull, une fois encore, s'arrêta et se mit à dérouler la corde. Johann considérait l'opération en donnant quelques signes de nervosité.

« C'est le glacier qui commence ?

— Je ne crois pas. Mais il arrivera sous nos pas sans qu'on le remarque, alors... par mesure de sécurité... et puis, plus haut, l'encordement serait peut-être moins commode. »

Il attacha Johann à un bout, s'attacha lui-même au milieu et ramena l'autre extrémité à Johann, de sorte qu'il y avait entre eux un double lien ainsi que l'exige la marche à deux sur un glacier. Il fit encore à Johann quelques recommandations.

Une demi-heure passa, pendant laquelle ils grimpèrent tant bien que mal, obliquant d'abord sur la droite, puis attaquant de front la pente raide, enfin, pour fermer la boucle, revenant à gauche par un terrain plus doux qui, peu à peu, s'aplanissait. (C'était le seuil du glacier au-dessus du sérac.) La tâche d'Ull était de plus en plus malaisée, non pas qu'il eût à se garder d'éventuelles crevasses (qui ne pouvaient, ici, être considérables), mais parce que la difficulté de s'orienter augmentait à mesure que la tempête de neige gagnait en violence. Une lucarne s'ouvrit quelques instants, le pied de la grande paroi se dessina, un donjon cerné de tourbillons, un couloir, et un promontoire du glacier grâce auquel Ull était censé dresser l'itinéraire.

Car c'était maintenant une vraie tempête de neige ; la tourmente était si forte que, par comparaison, le vent qui avait balayé le plateau aurait paru bénin. Il soulevait une grande quantité de poudre de neige, la chassait dans les airs comme il eût fait de nuages, quoique ce ne fussent en rien des nuages ordinaires : loin d'être vaporeux, moelleux, ils étaient faits de grains durs et menus qui mitraillaient le corps si brutalement que, malgré l'épaisseur des molletonnages, on se serait cru nu, exposé aux cinglantes piqûres de la glace.

Il oppressait le souffle. On devait contre lui s'arc-bouter. On avançait courbé vers le sol, utilisant le piolet comme appui. La vision était si réduite que, la plupart du temps, on ne distinguait rien l'un de l'autre (alors qu'on était à treize mètres de distance, la corde entière mesurant trente mètres). Puis on apercevait à nouveau une sorte de forme, mais sans aucun caractère distinctif, donc plutôt un schéma. Quant à communiquer par des cris, il n'y fallait pas songer.

Ainsi progressait la petite équipe dans la tempête, lente certes, mais encore imbattue quoique sans grand espoir. Alentour mugissait, grondait et claquait la colère sauvage et blanche de la nuit.

Demi-tour Et voici que se produisit l'inattendu : la corde se raidit, interdisant à Ull toute nouvelle progression. Certes, le vent violent tirait sur la corde (quoiqu'elle n'eût qu'un centimètre d'épaisseur), si bien qu'elle dessinait de l'un à l'autre un arc et représentait pour l'homme de tête un poids supplémentaire à charrier ; mais voilà que cette résistance s'était démesurément accrue ; quelques coups d'épaule n'y changèrent rien. Johann avait-il dévissé ? Dans ce cas, il y aurait eu une forte secousse en arrière, et, s'il y avait par ici des crevasses, elles ne pouvaient être que minimes, c'est-à-dire très fines et peu profondes. S'était-il par hasard tordu une cheville, ou bien gisait-il par terre, évanoui ? Que faire, de toute façon, sinon retourner voir ce qui était arrivé à Johann ?

Il s'en retourna donc, en enroulant la corde boucle à boucle et aperçut bientôt une silhouette qui gesticulait tenant les bras en l'air (et qui, sans doute, lui criait quelque chose). Enfin, ils se retrouvèrent face à face, tout près l'un de l'autre, comme deux personnages bizarrement masqués, tout couverts d'écailles de glace, à la fois imposants et déguenillés.

« Gorge, fut le premier mot que comprit Ull.

— Quoi, la gorge ?

— Là... une douleur... à la gorge. Et puis aussi dans le dos. Et dans la poitrine... le souffle. »

Ull explora le visage de Johann, autant qu'il apparaissait entre les bords rabattus du chapeau. Il avait vraiment l'air pitoyable.

« Je n'en peux plus. Je ne peux plus continuer. »

Ull resta un moment devant lui sans parler,

tout à fait semblable au médecin qui, son auscultation terminée, ses questions posées, d'un regard à demi absent fixe encore le malade pendant que son esprit s'efforce de condenser ses informations en diagnostic. Il ne parvenait pas à prendre au sérieux les symptômes de maladie ou de lésion présentés par Johann.

Mais d'autres considérations l'assaillaient : les perspectives de réussite de l'ascension étaient devenues particulièrement minces — sans même tenir compte de l'état de son équipier ; car il était huit heures passées et la tempête ne semblait pas vouloir s'apaiser, au contraire. Ici, la progression était encore possible, mais quand s'amorcerait, sous peu, la pente du glacier, avec les immenses crevasses et toutes les difficultés imaginables, dans les passages les plus exposés — alors, la poursuite de la course, par un temps pareil, était hors de question. Johann n'était pas malade mais déprimé, découragé ; cela valait-il la peine de le réconforter, de le secouer, fallait-il mobiliser toute l'autorité qu'on avait sur lui pour le convaincre de tenir bon (sans compter la peine que coûte une conversation en pleine tempête de neige), s'il y avait neuf chances sur dix pour que l'on dût abandonner l'ascension une demi-heure plus tard ? Et puis, on devait penser au lendemain : était-il prudent de faire violence à Johann dès maintenant, n'était-ce pas présumer de ses forces ?

Il donna le signal du demi-tour.

Un peu plus tard, pendant qu'ils se désencordaient, Ull se sentit obligé de dire : « Ça n'est pas à cause de tes ennuis — ils seront vite passés — mais parce qu il n'y avait plus moyen d'effectuer l'ascension aujourd'hui. »

Après la traversée du plateau, la descente de la pente qu'ils avaient eu tant de mal à grimper se fit à une vitesse exceptionnelle ; on avançait dans la neige molle, soit par des glissades soit en faisant de grands bonds ; à noter que Johann se montra agile et plein d'entrain. De petites avalanches se détachaient ici et là, anodines. L'air se réchauffait de seconde en seconde. Le soleil apparut ! Vers dix heures, ils avaient atteint le refuge enseveli.

La vérification du fourneau, ou plutôt, le dégagement de la cheminée s'avéra fort simple ; un journal s'y consuma sans qu'aucune fumée soit refoulée. « Et maintenant, il faut descendre à l'alpage.

— C'est indispensable ?

— Bien sûr, que c'est indispensable ! Premièrement pour ramener les provisions, ensuite pour l'eau, et surtout pour le bois de chauffage. Sinon, comment ferions-nous demain matin, où prendrions-nous l'eau ? »

Les prairies de l'alpage que ne recouvrait pas la neige ancienne s'étaient déjà débarrassées de la nouvelle et requinquaient l'œil par la retrouvaille de ce vert quelque temps disparu ; c'est toujours un événement unique, impressionnant, que de descendre, tôt le matin, de la haute montagne dans la zone des alpages. Sans doute est-ce l'effet d'un état d'esprit exceptionnel, amplifié par l'état physique consécutif à de violents efforts ; et par le souvenir du réveil nocturne, du départ matinal, et de tout ce qu'on a vécu là-haut et qui semble à présent n'avoir été qu'un rêve. On se dit que le temps où l'œil a été privé de verdure a duré beaucoup plus longtemps, comme si l'on vivait depuis des jours dans la neige, la glace et le rocher... Il était midi, le soleil épandait sa chaleur, le méchant vent de glace des hauteurs s'était ici mué en une brise fraîche que l'on ne percevait qu'à l'ombre. L'air doux, le silence frémissant, la chaleur bienfaisante avaient vraiment quelque chose de miraculeux, et toutes les crêtes, extraites des nuages, se dressaient alentour dans une joie sans bornes.

Dans l'antre souterrain Très tôt, Ull se dégagea de sa couverture élimée, alluma une bougie, ouvrit la porte gémissante et sortit du trou pour voir ce que donnait le temps. Il n'y avait absolument pas de vent et les étoiles brillaient dans la nuit claire.

Il retourna dans l'antre pour faire du feu et, surtout, pour savoir où en était Johann. À la lueur de la bougie déplacée, il le trouva assis, raide, entre ses couvertures tièdes, figé.

« Comment vas-tu ? demanda Ull, et il le regretta aussitôt.

— Mal, très mal, fut la réponse immédiate.

Je n'ai pas fermé l'œil de la nuit. Je le sens encore à la tête, dans le cou, dans le dos. Je ne peux vraiment pas supporter ce vent de glace.

— Il n'y a plus de tempête de neige. Plus un souffle de vent.

— Oui, mais il peut revenir. Ça coupe la respiration. Et puis, cet affreux sérac !

— On fera le tour. On a bien rebroussé chemin quand la tempête est devenue mauvaise, non ?... Est-ce que nous n'avons pas déjà fait des ascensions, en Suisse ?

— Oui, mais la montagne n'était pas si haute. Et j'étais plus jeune, à l'époque.

— Alors que maintenant, vu ton grand âge... » (Il avait vingt-trois ans.) « Tu racontes des bêtises... tiens, même le feu l'a remarqué, il s'est éteint. »

Il se mit à souffler pour le ranimer. Johann, lui, demeurait dans la même posture, immobile. Inamovible. Rien ne pourrait plus le mouvoir.

Le feu... qu'avait-il donc remarqué ? Cela n'était qu'un signe, un écho de ce qu'il sentait à présent : que c'en était fini du pouvoir qu'il avait sur Johann.

Le feu flambait maintenant. Mais il correspondait cette fois à un autre feu, celui de la colère démesurée qui montait en lui.

« Alors, tu abandonnes, tu laisses tout tomber ? »

Dans le vide sépulcral, après un temps d'attente :

« Oui. »

Silence.

« Et tu crois peut-être que toutes tes maudites saloperies de maladies imaginaires...

— Méprise-moi si tu veux, mais je ne peux pas continuer. »

Alors Ull se mit à rassembler à la hâte ses affaires et à se préparer au départ. Il serait donc forcé d'affronter seul le glacier — entreprise presque folle ; un compagnon était pratiquement indispensable, même si ce n'était qu'un compagnon médiocre. (Car cela n'exige pas de dons particuliers d'assurer en second. Le poids d'une personne à lui seul suffit ordinairement, surtout si cette personne est aussi lourde que Johann.) Mais il n'avait qu'à se débrouiller seul... toute la peine qu'il s'était donnée pour le convaincre n'avait servi à rien. Il se retourna encore contre Johann, mais uniquement pour lui lancer de violentes injures auxquelles celui-ci tendait le dos, muet, comme un chien que l'on bat, conscient de sa faute, et qui attend, humilié... que le printemps revienne.

Et il vit Ull sortir, hisser devant lui son sac par l'entonnoir de neige, puis lancer le piolet, enfin suivre lui-même avec la lanterne, et la nuit retomba sur l'antre souterrain.

Dehors aussi, il faisait nuit. La lune ne donnait pas à cet endroit. Une des gigantesques épaules de la montagne la dissimulait ; sans lanterne, Ull ne serait pas allé loin ; à peine s'était-il éloigné du refuge de quelques pas que, déjà, la pente de neige durcie exigeait de celui qui l'attaquait qu'il fût encordé et expérimenté.

Alors, une voix lui parvint ; plus chaude, plus vivante qu'il ne se rappelait celle de Johann (qui avait dû sortir, au moins partiellement, du trou) et qui lui adressait un salut et des souhaits amicaux.

Mais Ull, dans sa colère, ne répondait plus.

Le combat contre le glacier Au point du jour, Ull se retrouva à peu près où ils avaient, la veille, fait demi-tour, c'est-à-dire sur le glacier, avant qu'il ne se cambre vertigineusement. Donner de celui-ci une représentation est difficile. Ce n'est plus un sérac et ses éléments sont d'une dimension largement supérieure. Des blocs de la taille d'une maison ; à côté, quelque chose ressemble à l'orée d'une petite vallée, mais se transforme brusquement en pente abrupte ; il y avait également des niches, des terrasses, mais comment y atteindre et où débouchaientelles ? Impossible à déceler d'ici. Des voûtes enneigées, cachant sans doute des crevasses transversales — de quelle largeur et de quelle profondeur ? Des à-pic plongeant en tous sens. Pour couronner ce chaos, en émergeait çà et là une muraille de glace verticale ou surplombante, diaprée de vert ou de bleuâtre, et s'achevant contre les cieux par une capuche de neige. Comme si l'éternité avait ici, d'un coup de pelle, bouleversé l'ordre de toutes choses, et l'avait ainsi abandonné.

Pour vaincre ce degré, haut de deux cents mètres (que suivait en amont du glacier un autre semblable, succédant à une étendue presque plate que l'on ne pouvait pas, d'ici, apercevoir), même une cordée entraînée aurait mis du temps. Que dire d'un homme seul ?

Ull avait attaqué l'ascension dans une colère noire. Et cette colère l'accompagnait toujours ; elle le guidait — plus encore que son intelligence d'alpiniste.

Jamais, dans ses précédentes courses, il n'avait fait une chose pareille.

La méthode que doit appliquer un solitaire sur ce genre de glacier est très différente de celle d'une cordée. Comme il n'est absolument pas assuré et qu'à la moindre prise qui cède sous son pied, il est perdu, le voilà obligé de sonder son chemin pas à pas au piolet ; de plus, et avant tout, une foule de passages lui sont d'ores et déjà prohibés. En un mot comme en mille le combat du solitaire contre le glacier consiste moins à vaincre les difficultés qu'à les contourner.

Et cela demande une résistance hors du commun, oui, c'est, sur un glacier de ce genre, il faut le dire, un combat presque sans espoir. Partout guettent les précipices. Il faut les éviter en faisant des détours à l'horizontale, et parfois même redescendre — par des itinéraires qui semblent n'avoir pas de fin.

Par exemple, après avoir quelque temps suivi la lèvre inférieure d'une large crevasse transversale, il trouve enfin une passerelle ; c'est une étroite lame de glace qui enjambe la profondeur béante ; tapissée de neige, large d'un pied et plate, elle mène à une pente relativement douce qui eût apparemment permis de s'élever sans encombre d'au moins vingt mètres. Il tâte la passerelle de différents points de vue. Encordé, il l'aurait empruntée sans hésiter car les chances qu'elle se rompît étaient minces. Seul, il ne pouvait pas courir ce risque. (L'intelligence de l'alpiniste ne l'avait donc pas complètement abandonné : devant les cas d'espèce, elle fonctionnait encore.) Il se mit donc à suivre la crevasse, le plus souvent sur une sorte d'échine horizontale, presque jusqu'à l'extrémité du glacier où elle s'effaçait, pendant que le glacier lui-même, de manière indistincte, se métamorphosait en rocher dont les surfaces lisses et vertigineuses excluaient dès l'abord toute idée d'escalade. Il parvint pourtant, dans la neige et la glace, à gagner un point situé vingt mètres en amont ; là, il ne restait plus qu'une possibilité, celle de longer, mais en sens opposé et par en haut, la même grande crevasse, dans l'espoir de trouver, au milieu du labyrinthe de murs et de silhouettes, un nouveau passage vers l'amont. Ce faisant, il repassa devant sa passerelle que, certes, il ne put voir — une pente plus raide la cachait — mais il discerna clairement les traces de ses pas (nombreuses, car il avait hésité) à une trentaine de mètres en contrebas. Depuis qu'il s'était tenu là, une bonne heure s'était écoulée ; s'il avait franchi le pas avec un compagnon, en cinq minutes, ils auraient atteint le même point.

Ull serra les dents et poursuivit sa route. Il n'avait pas l'idée de réviser ses plans. Certes, ce n'était pas si facile de prendre une autre option. À partir d'une certaine altitude, on ne pouvait plus échapper au glacier. Cependant, il eût pu, dans la première partie de l'ascension, faire demi-tour et suivre ses propres traces dans la neige encore ferme. Mais à la simple idée qu'il pût se retrouver, au refuge peut-être, face à Johann, il eut un haut-le-cœur. Plus jamais il ne voulait voir ça, plus jamais !

Sa première colère, contre Johann, s'était convertie en une rage nouvelle, contre le glacier. Il fallait atteindre l'arête — après, on verrait bien. Il n'y pensait pas, il ne voulait pas y penser — mais sourdement, l'idée le poursuivait. Ainsi que la plus angoissante des sensations diffuses, celle des heures s'enfuyant...

Sur l'arête L'arête était atteinte, le glacier vaincu !... Et il était midi.

D'abord, ce fut l'épuisement qui domina. Il s'assit, s'allongea, ce qui était fort aisé sur les plates-formes rocheuses horizontales, larges d'un mètre et sèches, qui séparaient les dernières pentes adoucies du névé des précipices de la face sud.

Une grande chaleur, vraiment, se répandait au creux du rocher. Il avait ôté ses lunettes fumées, il but un coup, bourra sa gourde de neige et la coucha près de lui. Maintenant, à mesure que revenait le calme, s'éveillait la conscience, et, il en convenait lucidement, il était tombé dans un piège.

Car redescendre par le glacier, un glacier de ce genre, dans la neige à présent ramollie, et seul, il ne pouvait en être question aujourd'hui, c'eût été la mort à peu près assurée. Si, comme c'était prévu, il avait gravi le sommet de droite (en escaladant deux à trois cents mètres de rocher difficile) et s'il était revenu de même (les autres voies de ce sommet étaient toutes plus dures et plus longues), la question fût demeurée identique : comment redescendre de l'arête ? À gauche, elle se poursuivait sur une centaine de mètres, formant quelques brèches mais, dans l'ensemble, horizontale et viable ; ensuite, elle s'élançait verticalement en un système de tours apparemment inescaladables et se terminait Dieu sait où. (Ull manquait d'informations à ce sujet car il n'existait à l'époque aucun guide pour cette partie des Alpes ; en tout cas, Ull n'en avait pas trouvé et s'était efforcé de rassembler des renseignements à partir de diverses publications.) Il ne restait donc plus que la face sud.

Elle avait l'air terrible.

En effet, le regard en embrassait d'ici une grande portion car elle était, dans son ensemble, concave ; on en apercevait distinctement le haut qui, mis à part le surplomb qui lui succédait, constituait la partie la plus abrupte (sur deux cents mètres environ). Là où, sous le surplomb, elle réapparaissait, elle était bien moins raide et continuait à s'adoucir pour finir, par plus de quinze cents mètres de profondeur, par se confondre avec les flancs d'une vallée d'alpage dont on ne discernait que l'amorce.

Cette concavité de la face sud contrastait absolument avec la conformation de la face nord, celle du glacier, qui était, elle, convexe, c'est-à-dire que, de l'arête, on voyait la pente enneigée devenir de plus en plus abrupte et, à peine apercevait-on le signal de la fin de la dernière marche rocheuse que tout s'évanouissait, tout... jusqu'à ce que, très loin, très profond, apparaisse la verdure des forêts et des prés, les florissantes vallées aux petits villages et, parmi tout cela, confusément, à l'intersection de deux vallées, l'endroit où ils avaient, voilà trois jours, attendu l'autobus.

Mais il y avait un contraste encore plus violent : quand on tournait les yeux vers le sud, pas une trace humaine ! Des rochers, de la neige, de la glace. Des arêtes noires se succédant comme des coulisses, des pics comme des tours dressées contre le ciel, à droite, à gauche, partout ; plus bas, une grisaille d'éboulis, pas d'autre teinte à l'exception d'une petite tache, au bout de la vallée d'alpage, légèrement verte ou jaunâtre, qu'on aurait un instant confondue avec un troupeau de brebis, pour se détromper vite, car elle ne bougeait pas. Pas une trace humaine : pas une perche dressée, pas un fragment de corde, pas une marche ; pas la moindre modification apportée à la nature, rien qui ressemble (comme plus bas) à une murette, un refuge, une toiture, un sentier. Un paysage des origines. Si quelqu'un était venu là, après la dernière ère glaciaire, voilà quinze mille ans, il aurait eu le même spectacle.

Et pourtant, une ligne droite tirée à travers l'espace et les rochers, sur huit kilomètres seulement, se serait plantée au beau milieu d'un brave petit village, pétulant de vie, avec son millier d'habitants ! Chose impensable d'ici, tant les distances prennent en haute montagne une tout autre valeur.

Midi était passé depuis longtemps ; Ull, remis ou non de son épuisement, sentait vagabonder sa pensée çà et là, s'agrandir le cercle de ses imaginations, basculer leur centre de gravité, et bientôt, peu à peu, prendre distinctement corps une représentation : celle de son amie.

Comment avait-il pu la laisser s'en aller ! Avec elle, jamais il ne serait tombé dans ce piège et tout, absolument tout, se serait déroulé autrement... Elle avait souhaité instamment retourner passer huit jours chez des parents, dans une ville du Nord ; ensuite, elle viendrait le rejoindre dans les Alpes et prendrait près de lui la place de Johann. Il avait donné son accord ; mais s'il l'en avait priée, elle aurait sans aucun doute annulé ses projets pour l'accompagner dès le départ.

Initiée par lui à la montagne quelques années plus tôt, elle était vite devenue une bonne alpiniste. Quoique légère, et mince, et d'apparence fragile — mais la force brute est rarement déterminante dans les grandes ascensions ; les chamois n'ont pas besoin d'être forts comme des bœufs pour faire de merveilleux grimpeurs... La nostalgie l'empoigna, une nostalgie d'elle qui prit subitement une dimension folle. Il aurait voulu crier à haute voix son nom par monts et par plaines, à des centaines de kilomètres — puis, la chose lui parut grotesque... Avait-il plus d'amour pour elle que pour la montagne ? C'était une autre sorte d'amour. La montagne était à lui, ou plutôt, il était à elle, qui l'entourait, le cernait, chatoyante sous l'éclat tout-puissant du soleil et se figeant au sein des ténèbres.

Si un esprit sagace et prudent lui était apparu — tel ce Vieux de la Montagne qui surgit de la faille du rocher pour sauver de la mort le chamois haletant (« et de ses divines mains protège l'animal traqué ») — il lui aurait donné le conseil suivant : « Reste ici et, ce soir, enfouis-toi profondément dans la neige. N'entreprends pas, à cette heure tardive, la descente d'une paroi dont tu ignores absolument si elle est possible. Demain, très tôt — si le temps ne change pas, et je puis t'assurer qu'il restera beau — tu retrouveras facilement tes traces dans la neige durcie et tu redescendras par le glacier. » Mais aucun esprit ne surgit de la faille du rocher.

Or — qu'on le croie ou non — voici qu'il lui advint une chose bizarre (pour la comprendre, il ne faut pas oublier la fatigue physique et le manque de sommeil des deux dernières nuits) : lui, l'homme d'acier — aux yeux des autres — le dompteur d'ours — dans le rêve de Johann — s'effondra sur son arête, en sanglotant.

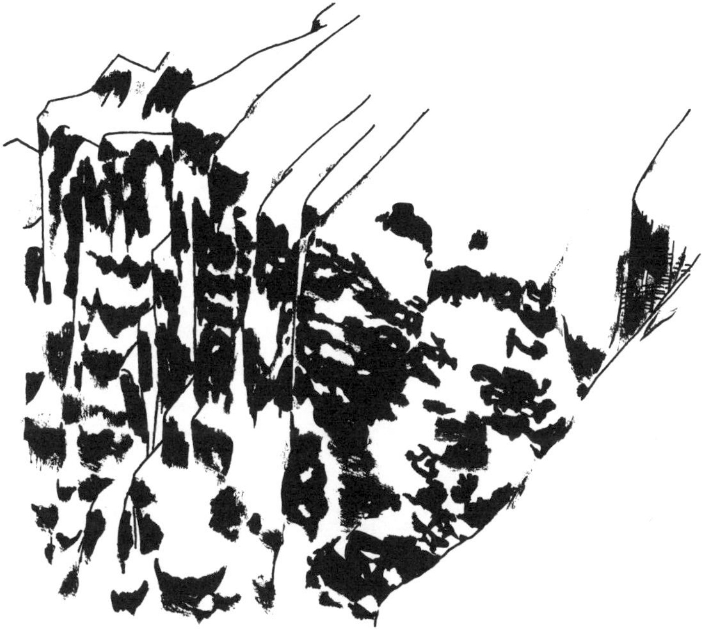

La face sud Si je dis : La face sud n'était qu'un monstrueux abîme, encore faudrait-il que je réponde à la question : Quel sens cela a-t-il, aujourd'hui encore, de parler précipices, abîmes, gouffres vertigineux ? Alors qu'à notre époque, chaque jour, des foules de gens, même vieux et infirmes, survolent à des milliers de mètres d'altitude pays et continents ! Les lointains, vus d'un avion de ligne (pour autant qu'on les voie) sont quasiment des abstractions ; l'impression d'abîme, par contre, ne peut naître que de la perception des sens. « Nous volons à une altitude de cinq mille mètres, annonce-t-on. Vous apercevez Bordeaux, la Gironde. » Si l'un des passagers, sommeillant ou plongé dans ses dossiers, se donne la peine de jeter un coup d'œil vers le bas — s'il le peut — il verra vraiment Bordeaux, la Gironde — comme sur une carte. Mais une carte est une abstraction. Ou bien est-il jamais arrivé que, penché sur une carte, on soit pris de vertige et qu'on se cogne le front sur le bois de la table ?

Une jeune fille de dix-neuf ans, presque totalement paralysée, vient de franchir d'un bond un continent ; on lui demande comment le vol s'est déroulé. « Merci, commence-t-elle d'une voix plaintive, la montée s'est bien passée, mais en descendant, ça a failli mal tourner, le type devait être un incapable. » Un incapable — c'est du copilote qu'elle parle ? Non, elle fait allusion à la montée et à la descente de la passerelle, portée dans son fauteuil... On se penche du trentième étage sans avoir le sentiment d'être haut, en tout cas sans la moindre peur ; la rambarde qui barre la fenêtre est trop large, trop épaisse ; on voit en bas une sorte de jardin, des sentiers, une petite villa que l'on a prise d'abord pour un clapier à lapins (ici encore, tout se passe comme sur une carte). Mais si tu dois marcher dans la gouttière d'une maison à un ou deux étages, une gouttière rouillée qui n'a pas l'air solide... alors les huit mètres te font l'effet d'un gouffre... D'où la conclusion que, pour un alpiniste, il n'y a que des abîmes.

... Ull, qui rêvassait sur son arête, reconnut enfin qu'il devait se secouer (si la vie devait continuer) ; c'est-à-dire qu'il devrait se remonter le moral, comme à un autre ; comme il l'avait si souvent remonté aux autres. À son ami P., par exemple, quand, devant la brèche d'une arête, à deux pas du sommet, il déclara tout net : « Là, je ne passe pas. Si vous voulez continuer (ils étaient trois), détachez-moi, je reste ici. » La brèche était en lame de couteau, comme on dit, avec un précipice de chaque côté, mais elle ne mesurait qu'un mètre, ensuite l'arête se redressait, élargie, offrant d'excellentes prises. « Mais, ça n'est rien, ça. Tu ne vas pas abandonner maintenant, à quelques minutes du sommet. — Les précipices. — Tu n'as qu'à éviter de regarder en bas.

Et puis, tu es assuré des deux côtés. Comme tu regretterais, après, d'avoir manqué la cime, à cause d'une broutille insignifiante. Regarde bien ! » Comme en se jouant, il dévala les quelques mètres, posa un pied en travers du tranchant de la lame, un bras autour du rocher d'en face, et étendit l'autre en balancier. Retournant son visage vers lui, il s'écria : « Tu vois ? Aucun problème. » Il grimpa rapidement jusqu'au premier replat, et P. le suivit.

Cela dit, il était incomparablement plus dur de se remonter le moral à soi-même. Et puis, les circonstances étaient bien différentes du cas précédent ! P. aurait pu attendre sur place, et revenir avec les autres par une voie sûre ; Ull, lui, n'avait pas le choix, il devait continuer, et la seule voie offerte à la descente était par la face sud... Celle-ci, dans sa partie supérieure, la plus raide, était exclusivement constituée de rocher ; mais — arguait-il en vue de se convaincre — n'était-il pas un bon grimpeur, et même un excellent rochassier ? D'après son opinion, seulement ? Non pas. Il existait des preuves du contraire. Et cette arête nord de l'aiguille X, par exemple, que

— sur la base d'informations orales, succinctes et incomplètes — il avait vaincue en solitaire... pour apprendre ensuite, par des guides et d'autres, que cette escalade passait pour la plus difficile de la région.

Il entama la descente sans plus tarder car il était impossible de prévoir combien de temps il lui faudrait.

La seule information qu'il avait recueillie sur la face sud était qu'une cordée l'avait vaincue une fois, avec un guide de haute montagne bernois, et cela, dans sa partie supérieure, en empruntant un couloir de glace où le guide avait taillé quatre ou cinq cents marches. Le couloir débouchait par une faille à une centaine de mètres à gauche sur l'arête ; naturellement, il n'était pas question de descendre par là.

Seule possibilité : franchir, en les escaladant presque à la verticale, les deux à trois cents mètres, libres de neige, de la partie supérieure. La seule qui fût visible.

Ensuite, la paroi se bombait (elle n'était concave que dans son ensemble), envahissait le ciel, et ne réapparaissait que mille mètres au-dessous sous forme d'un vague mélange de coulées glaciaires, de rocailles, et d'éboulis, pour finir dans le minuscule fragment de vallée évoqué plus haut.

Il fallait alors changer de direction, appuyer sur la gauche, presque à angle droit, afin, par un passage bref, mais actuellement dérobé à la vue, de gagner un terrain plus accessible qui jouxtait le fameux couloir, là où, s'achevant, il devenait moins raide, le traverser, et la suite irait de soi.

Sur cette première pente abrupte entre toutes, la progression prenait plus de temps qu'on n'eût cru ; il fallait changer de route et se reprendre, et se reprendre encore ; fines arêtes, côtes, étroits couloirs, rigoles aplaties. Et là encore, beaucoup de temps passa.

Le premier accident Il approchait déjà le grand surplomb quand — debout sur une sorte de petite plate-forme, il tirait la corde à lui pour la plier — la chose arriva, inconcevable.

Lui ne tomba pas. Mais le piolet tomba. Et c'était presque comme si son compagnon, le dernier compagnon qui lui restait, l'avait abandonné.

Perdre son piolet... c'est une chose qui n'est pas permise à un alpiniste, et qui ne lui était encore jamais arrivée. (Le piolet avait, en ce temps-là, une importance beaucoup plus exclusive qu'aujourd'hui où les alpinistes, pour les ascensions difficiles, emportent toute une panoplie de petits outils et accessoires, la plupart métalliques.)

Des années auparavant, très fatigué, il s'était retrouvé, au crépuscule, en haut d'une pente de neige gelée assez raide dont la base disparaissait dans l'ombre ; il s'était assis pour se reposer et faire le point quand, tout à coup, la glissade avait commencé ; impossible de se retenir, il glissa plus vite, puis ralentit, enfin s'immobilisa juste là où la pente venait mourir entre des rochers. Il se releva avec de légères contusions et surtout, des éraflures à la main qui n'avait pas cessé de cramponner le manche du piolet.

Et voilà que c'était arrivé. Il l'avait tenu tantôt d'une main, tantôt de l'autre, tantôt accroché au poignet par une boucle. Que s'était-il passé ? Comment avait-il pu subitement le lâcher ? Il esquissa un geste pour le rattraper, mais naturellement, ça n'était plus possible. Il rebondissait en descendant, un instant disparut, un bruit sec retentit et il réapparut, privé de sa pointe, s'enfonçant dans l'espace très en avant de la montagne, paraissant même s'envoler dans le ciel, enfin, dans un brusque plongeon, il s'évanouit silencieusement, et pour toujours.

Le rocher terrible Il se déplaçait maintenant de plus en plus à gauche sur la paroi, afin d'esquiver — presque horizontalement — le grand surplomb ; il parvint à l'endroit où celui-ci, devenu une étroite saillie, rencontrait une colonne presque verticale, descendue d'un seul trait depuis l'arête. C'était le seul point par où cette voie pouvait se poursuivre ; une muraille, haute de trente à quarante mètres, que l'on n'avait pas pu observer d'en haut et qui, même à présent, se dérobait encore partiellement à la vue.

Il descendit dix mètres en escalade sans

difficultés particulières et atteignit un emplacement qui, vu les circonstances, pouvait passer pour confortable. Un pied posé de toute la surface de la semelle, mais une main, ou plutôt tout l'avant-bras entourant, à hauteur de poitrine ou d'épaule, un bec qui formait avec la paroi une brèche, large du haut et se rétrécissant jusqu'en bas. Cette vire, où l'on aurait pu séjourner sans fatigue le temps que l'on aurait voulu, lui fournit au moins l'occasion d'examiner calmement la situation dans la mesure où elle se laissait cerner dans son ensemble.

Il y avait d'abord un passage absolument à pic d'environ trois mètres, puis on ne voyait plus rien ; c'était le domaine du surplomb, dont la hauteur échappait absolument aux estimations ; ce n'est que quinze mètres plus bas que réapparaissait la paroi, nettement moins abrupte. Le premier passage était pourvu de prises pour les mains et les pieds si minimes que ce nom ne leur convenait guère. Sauf une exception, sur le bord inférieur, il y avait une très forte prise. Elle saillait du rocher comme une large lame. Et sitôt en dessous s'arrondissait la bosse dont on ne voyait que le départ. Si cette prise n'avait pas été là, il se serait sorti de la tête dès le début tout projet de tenter le passage à cet endroit.

Mais, à quoi lui servait la corde, ne pouvait-il l'utiliser ici ? demandera quelqu'un. La corde eût été d'une utilité capitale, elle eût balayé tous les obstacles — si l'on avait pu l'attacher. Mais c'était impossible. La brèche où reposait son bras était à exclure car, à la moindre traction venant du bas, la corde eût coulissé en s'engageant sur la section rétrécie et l'aurait si bien enserrée qu'on n'aurait jamais pu l'en dégager. (Un éléphant suspendu au bout l'aurait cassée mais ne l'aurait pas fait filer.) La corde n'aurait donc servi qu'à condition de la sacrifier. (Un seul piton dans le rocher aurait levé toutes les difficultés.)

Cependant, il restait une possibilité : utiliser la corde pour faire un premier essai de descente ; puis refaire l'escalade par le même chemin. Une moitié de la corde devait mener au moins par-dessus le surplomb et jusqu'à un terrain plus accessible. Car, dans le cas où la descente lui paraîtrait envisageable sans la corde, il pourrait dégager celle-ci de l'embrasure et poursuivre l'escalade en libre.

Pourtant, vu l'heure tardive, et l'existence de cette forte prise en forme de lame qui, dans un cas extrême, permettrait de remonter, il abandonna tout plan d'exploration préalable et risqua le tout pour le tout.

Il s'attacha à un bout de la corde ; à l'autre bout, il accrocha le sac à dos et le laissa glisser vers le bas, d'abord heurtant le roc, puis s'enfonçant dans l'invisible, puis heurtant de nouveau et réapparaissant à une quinzaine de mètres plus bas, enfin dérapant et glissant, s'arrêtant, si bien qu'il fallait donner une secousse à la corde pour le remettre en mouvement ; enfin, restant bloqué — solidement, semblait-il — dans une sorte de niche. Ull était prêt.

Le premier passage s'avéra aussi difficile que prévu. En appui sur les minuscules prises de pieds et de mains (qui ne méritaient guère ce nom, mais comment les nommer ?), il descendait avec une extrême lenteur. (Pour franchir un tel passage, en ascension, certes, et en terrain aisé, le guide aurait commandé :

« Passez très rapidement ! » Exactement le contraire.) Avec la plus extrême lenteur, jusqu'à ce qu'il ait pu saisir d'une main la forte prise en forme de lame, d'abord seulement à bout de bras, d'en haut, puis en flexion graduelle, à mesure qu'en glissant il parvenait à ramener son corps à niveau, le bras étant pour finir complètement plié, la main se retrouvant à hauteur d'épaule, accrochée à la prise par en bas. Alors, toujours avec la plus extrême lenteur, il se laissa glisser plus bas encore, le bas-ventre atteignant le rebord du surplomb, puis le ventre, un pied déjà ballant dans le vide, l'autre encore accroché à on ne sait quelle anfractuosité, ainsi d'ailleurs que la jambe entièrement étendue vers la gauche et particulièrement l'intérieur de la cuisse au contact ; de même, la main gauche et son avant-bras, pianotant d'une aspérité à l'autre du rocher. C'est dire qu'il commençait à faire passer graduellement tout son poids sur l'appui du bras droit qui s'allongeait de plus en plus. Si la tentative ardue échouait, qui consistait à prendre pied au-delà du rebord dans une posture au moins verticale, alors il aurait toujours cette forte prise grâce à laquelle (en se tenant à deux mains) il pourrait se rétablir.

Or, au moment où le bras était presque entièrement développé, cette prise — dont rien ni personne ne laissait soupçonner la traîtrise — céda et s'effrita dans la main.

C'en était fini, il tombait… comme en conclurait quiconque s'est fait une représentation tant soit peu distincte du rocher.

Qu'il ne dévissât pas fut peut-être l'affaire d'un millimètre, de quelques grammes dans l'équilibrage de son poids, et surtout, d'une admirable maîtrise de l'escalade.

Un seul problème : remonter, se retrouver en haut.

Mais comment ? Difficile à dire. Non, absolument impossible à dire. Toutes les situations de la plus haute difficulté (celles dites du sixième degré) — et c'est dans une telle situation qu'Ull s'était fourré par mégarde — ont ce trait commun qu'il n'y a aucune indication précise quant à la manière d'en sortir et, en réalité, aucune indication d'aucune sorte (sinon allusive).

Fallait-il qu'il tentât une progression rapide ? La moindre impulsion arrière eût signifié la chute instantanée. Un champion de gymnastique, capable de se rétablir en souplesse sur ses anneaux, qu'aurait-il fait ici de sa musculature spécialisée ? Rien du tout. Par quoi donc commencer ?... Certes, il lui fallait une force hors du commun, mais qu'elle fût répartie sur des points innombrables. À part sa jambe droite, qui ballait dans l'espace, il n'y avait pas un centimètre de son corps qui ne servît. Le pied de la jambe gauche, qui était en totale extension de l'autre côté (la paroi n'était pas encore verticale), quêtait du rebord de la semelle un peu de résistance — ce qui ne suffisait que pour une fraction infime du poids du corps ; par contre, la face interne de la cuisse, par son contact, en supportait bien autant. La main gauche levée, quoique entièrement tendue, tentait de s'agripper à des irrégularités de la roche, soutenue elle aussi par le contact du bras et surtout de l'avant-bras. Quant à la main droite, au bout du bras légèrement fléchi, elle collait — si l'on ose dire — au reste de moignon, à peine détaché de la paroi, laissé par l'éclatement de la grosse prise. Et tout cela ensemble n'eût sans doute pas suffi à retenir le corps ; il s'y ajoutait le contact étroit que lui-même, de toute sa face interne, entretenait avec le rocher comme s'il en eût fait partie. (Il se serait servi de son menton, si cela avait été nécessaire et possible.)

Il fallait remonter... Tout ce qu'on en peut dire, c'est que cela se fit de façon insensible, centimètre par centimètre, tantôt ici, tantôt là. Ce type d'escalade n'est comparable à celle d'aucun animal. Inutile d'aller chercher l'exemple du chamois, qui ne sait pas grimper, quoique sa course et sa détente surclassent largement celles de l'homme. Chez l'écureuil, qui accomplit des prodiges d'escalade, on oublie trop facilement sa queue qui lui permet d'utiliser les airs, c'est-à-dire de voleter. Le singe, peut-être ? Je ne sais pas. Mais une comparaison s'impose avec le monde végétal, toutes choses égales d'ailleurs, avec le lierre.

Combien de temps cela prit, des secondes, des minutes, un quart d'heure, il n'aurait su le dire. Présumons que la chose se passa en une ou deux minutes (car un être humain n'aurait pas tenu plus longtemps). Alors seulement, quand il eut surmonté le rebord, et franchi sans encombres les deux mètres qui le séparaient de son emplacement précédent, il perçut un tonnerre de grondements ; mais ça ne venait pas de la montagne, c'était son souffle.

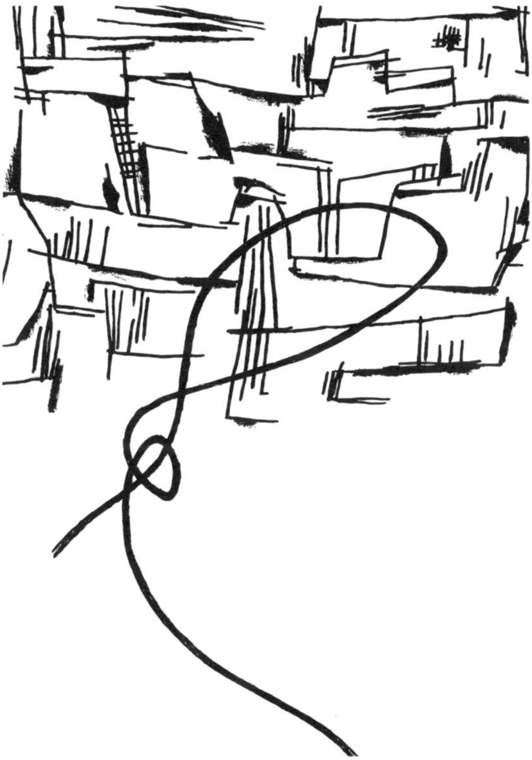

La voix de son amie Revenu à l'emplacement sûr d'où il était parti, le pied sur le replat et le bras entourant comme avant le bec rocheux... il perdit un instant conscience des événements pour s'abandonner tout entier à une sensation de profonde et sourde jubilation.

La violence de l'essoufflement se calmait petit à petit et ses yeux se rouvrirent sur l'ensemble de la situation... La nuit était proche, ce qui éliminait une éventualité, celle d'un retour à l'arête. En quel lieu impossible aurait-il dû passer la nuit ? Sur toute la paroi, il n'y avait pas un point qui, en sécurité comme en

« confort », pouvait en remontrer à celui-ci. Attaché à la pierre, il aurait pu sans danger rester toute la nuit, mais le matin, dans quel état serait-il ? Là-bas, de l'autre côté du couloir, au pied de la muraille qui le jouxtait, se trouvait bien un endroit qui semblait fait tout exprès pour le bivouac — la seule plateforme depuis l'arête — une sorte de console rocheuse assez vaste pour plusieurs personnes, à peine plus basse qu'ici car on la voyait de profil. Mais comment y aller ? La situation était sans issue.

À moins de sacrifier la corde. Mais, plus bas, il y avait la crevasse qu'on ne franchirait pas sans corde. Inextricable.

Et pendant que ses yeux erraient dans le dédale des formes rocheuses, y cherchant une aide désespérée... l'aide vint.

Elle vint de son amie. Avait-elle jamais cessé de l'accompagner ? Ne venait-il pas de la descendre au bout de la corde et n'attendait-elle pas quelque part, près du sac ? Car sa voix retentit toute proche, tranquille et chaude : « Ne pourrais-tu couper un petit bout de corde pour faire un anneau ? »

C'était le salut. Fallait-il qu'il fût empoté pour ne pas y avoir pensé ! La suite se déroula sans heurt. Il se désencorda (un bras toujours entourant le bec de rocher), coupa un bout de deux mètres, se rattacha aussitôt (car si la corde lui avait échappé... Malheur à lui !), noua le bout en un cercle autour de sa corde, et en coiffa le bec. Puis, par en dessous, il tira sur la corde jusqu'à ce qu'elle fût tendue et, grâce aux deux brins, il eut en un clin d'œil franchi les difficultés et atteint le terrain plus aisé où se trouvait le sac.

Mais sa bonne amie qui l'avait sauvé n'était plus là.

Avait-il vraiment cru en sa présence ? Certes pas profondément. Mais sa voix, il l'avait réellement entendue.

La longue nuit En suivant une raie qui descendait en travers, il atteignit le couloir à l'endroit où il se dégageait de la ravine et se faisait nettement moins raide ; constitué de neige et de glace, il était fréquemment parcouru de projectiles ; ce couloir devait être franchi (il s'achevait en contrebas sous forme de dalles dont la perspective échappait au regard – résurgence du grand surplomb. Le franchissement réussit, non sans le risque d'un saut dangereux, qu'il n'aurait pas tenté en d'autres circonstances ; à présent, cela remontait à pic vers ce replat tant convoité, cette chaire, ce canapé de pierre — au moment même où la nuit tombait.

Les rochers sont toujours plus complexes qu'ils n'en ont l'air de loin et toute description est, par définition, une vision lointaine (sinon, comment sortirait-elle des infinis détails ?) J'ai parlé d'une chaire — mais il y manquait la balustrade. D'un canapé — mais l'endroit était plus large qu'un canapé, le devant n'était pas coupé à angle droit et dessinait une courbe alors que le fond s'élevait très haut, en surplomb, et que la surface, jonchée de toutes sortes de pierres et de galets, offrait largement assez de place pour ce qui devait être, sinon la seule, du moins la principale occupation de cette nuit : taper la semelle.

Il ne faisait pas vraiment froid, moins cinq peut-être, mais de quel équipement disposait-on pour le bivouac ? D'une maigre couverture... c'était pratiquement tout. (Un duvet... quel rêve !) Il enfila tous ses vêtements : une seconde chemise, un tricot sous l'épais blouson, une deuxième paire de chaussettes de laine. Il posa la corde, par bonheur encore sèche, en rouleau sur la pierre pour s'asseoir dessus. Le sac à dos près de lui, ou derrière, pour y poser la tête — mais pas longtemps. Car ce qui importait avant tout, c'était de ne pas s'endormir.

Au début, il avait encore chaud. En particulier, du fait que son corps était échauffé. Et puis, rien ne pouvait prévaloir sur le bien-être, le contentement d'avoir enfin, après tant d'heures, trouvé un lieu de repos, un endroit où s'étendre.

Ensuite, la température descendit brutalement. (L'altitude était environ celle de la Jungfrau.) Les tirs de projectiles dévalant le couloir persistèrent cependant bien avant dans la nuit ; ils ne commencèrent à s'espacer que vers minuit.

Taper la semelle avait trois utilités : premièrement, empêcher les pieds de geler ; deuxièmement, favoriser la lutte, interminable, menée contre le sommeil ; enfin, c'était une manière comme une autre de faire passer le temps... si l'on peut dire... Il essayait de taper la semelle pendant cinq minutes à la file. Il entreprit également — pour tuer le temps —

d'allumer la lanterne (une allumette suffisait, tant la nuit était calme) — il en profitait pour se chauffer les mains — et de l'éteindre au bout d'un moment ; il se remettait à taper la semelle ; il allumait une pipe et regardait l'heure : presque vingt minutes avaient passé. Puis, il enfouissait ses mains dans ses poches de culotte et les coinçait entre ses cuisses. Il avait rabattu les bords de son chapeau, comme jadis, dans la tempête de neige (jadis, quand donc était-ce ? Il y avait moins de deux jours !)

De temps en temps, mais sans plus de succès après qu'avant, il tentait de manger quelque chose ; après ces efforts surhumains, ce qui prédominait, c'était la soif. Il grignotait une miette de fromage, un bout de saucisson... ce qui ne s'appelle pas manger ; il n'y avait que le chocolat qu'il parvenait à avaler un peu mieux. Il avait aussi une minuscule bouteille de schnaps, déjà presque vide, il en prit une gorgée et conserva les deux doigts restants pour demain matin — pour le départ.

Quant à la gourde d'eau d'un litre, vêtue de feutre, qu'il avait remplie le matin même et sans cesse bourrée de neige dans la journée, elle était vide. Bien sûr, il y avait suffisamment de neige et de glace alentour, mais leur consommation est à déconseiller et c'est très difficile, avec les moyens dont on dispose en haute montagne, de produire la plus petite quantité d'eau.

... Il retournait taper la semelle, cinq minutes. Il rallumait la lanterne, son unique compagne ; elle jetait une lueur joyeuse sur les alentours proches, laissait le reste se fondre dans la nuit. Il fumait une autre pipe et regardait sa montre : presque vingt minutes de plus. Et les secondes reprenaient leur ronde avant de devenir minutes. Comme le temps, parfois, s'étire ! Comment lui survivre, par où le prendre ? Ne pouvait-on saisir la nuit et la secouer, pour qu'elle avance plus vite ?

S'endormir, se laisser couler dans le sommeil, quelle tentation, qui revenait sans cesse ! Mais il ne fallait pas, surtout pas, en aucun cas.

Le clair de lune était négligeable, tard levé et invisible d'ici, on ne le devinait qu'à de vagues ombres portées sur la paroi d'en face.

Les seuls repères mobiles étaient les étoiles, au fond de noirs abîmes impénétrables.

Mais ce que l'on percevait des hauteurs, et particulièrement par le pilier de droite dans la même paroi (c'était l'arête sud-ouest du sommet qu'ils auraient dû vaincre), paraissait, noir et d'un seul jet, descendu vertical de la voûte céleste, d'une altitude telle qu'on n'avait jamais rien vu de semblable. Plus un son, depuis que les détonations du couloir avaient cessé ; pas un grondement de torrent, pas même la vibration profonde de la nuit de montagne. Mais soudain, un assourdissant craquement comme d'une tour qui s'effondre... Et tout retombait en silence de mort.

Le principal souci, la tâche la plus rude de cette nuit, était — nous l'avons dit — la lutte contre le sommeil. (Car s'il s'était endormi, ou il ne se serait plus jamais réveillé, ou, réveillé, il eût été dans un état tel qu'il n'eût pas pu continuer.) Or, dans cette lutte interminable, il fut, dans l'ensemble, vainqueur. Certes, il y eut quelques petits instants où il succomba à une sorte de demi-sommeil. Non pas. Si courts fussent-ils, ces instants furent pleinement des instants de sommeil ; car il rêva. Et ce rêve ne dura peut-être que quelques secondes avant de voler en éclats sous le dur tranchant de la volonté.

Il se trouvait tout à coup transporté dans une pièce chaude, confortable, et se souvenait avec une sympathie étonnée avoir, l'instant d'avant, gelé jusqu'à la moelle, exposé sur une mince corniche de la gigantesque paroi rocheuse ; et l'impénétrable nuit des abîmes, les rocs et les glaciers s'amoncelant jusqu'au zénith, comme au fond du palais d'une inconcevable créature, qui aurait eu pour dents les piliers et les pics, pour gorge les sombres précipices, et pour yeux les étoiles.

Il y avait d'autres moments où ce n'était plus des rêves, mais le mélange de rêve et d'état de veille qui est précisément ce que l'on nomme hallucination. À l'un de ces moments, voilà qu'il avait enfin trouvé la réponse définitive à la question si fréquemment posée : « Pourquoi faites-vous l'ascension des montagnes ? »

(Car toutes les réponses habituelles étaient insuffisantes : Pour des raisons de santé ; il devait tout de même y avoir d'autres moyens, moins coûteux. À cause de l'altitude ; mais alors, pourquoi pas en téléphérique, ou en avion ? Parce que c'est un sport particulièrement gratifiant qui, dans un cercle réduit, mais élitaire, apporte des récompenses enviables ; c'était déjà mieux mais ne suffisait pas.) La réponse était :

Pour m'échapper de prison.

... Et puis ?

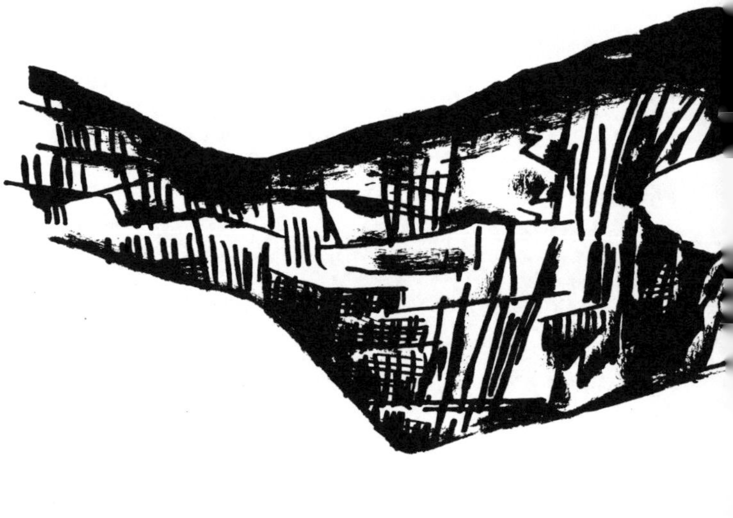

La rimaye Le matin vint, et finalement, il fit tout à fait jour ; ce qui, loin d'apporter une heureuse délivrance, ne faisait que soulever de nouveaux problèmes. Et pour commencer, celui-ci : avec des membres à ce point engourdis, il n'était pas question de se mettre en route ; car, déjà, sans piolet, pour traverser en descente cet abrupt pan de névé, il fallait une agilité hors pair, des gestes liés, une parfaite souplesse. Il devait donc attendre encore plusieurs heures ; mais comme le temps était au beau, presque sans vent, la température monta rapidement ; et, vers sept heures, il était aussi dispos qu'on pût l'être dans sa situation.

D'ailleurs, le début de la descente fut facilité par la double corde qui permit d'effectuer les dix premiers mètres sans aucun risque, en conservant la possibilité — au cas où la suite s'avérerait critique — de remonter sans peine sur la plate-forme. (Si bien que la tentative aurait pu être faite plus tôt.)

Il découvrit sans mal un emplacement, une espèce de bloc autour duquel passer la corde. Il entama donc la descente — après s'être administré en renfort un petit coup de schnaps, le dernier, minuscule, qu'il avait toute la nuit épargné pour cette circonstance. Il mangea également un peu de neige — mauvaise nourriture. Au fait, cette neige commençait devant lui en couche mince mélangée de cailloux et, déjà, prête à fondre, elle se confondait ensuite avec la masse compacte du névé, masse dure et molle à la fois — ou plutôt, dure par endroits et molle à d'autres. Parvenu à bout de corde, il s'immobilisa pour réfléchir. Dans sa main, les deux brins lui auraient permis de regagner la plate-forme à chaque instant. Tout son poids reposait sur l'une de ses jambes, profondément piquée dans la neige où elle avait trouvé un appui apparemment très ferme, tandis que l'autre jambe, levée à angle droit, reposait bien plus haut sur la pente et ne contribuait guère qu'à l'équilibre. En dessous, le névé descendait encore sur trente ou quarante mètres jusqu'à sa frange qui s'étendait largement, de part et d'autre, balisée de petits blocs et de traînées rocheuses, d'où l'on pouvait, sans crainte de se tromper, conclure à la présence d'un ravin, sans doute précédé d'une paroi droite ; et ce n'est que plus bas, nettement plus bas, que l'on apercevait le glacier.

Continuer la descente en ligne droite ? Il n'en était pas question. L'image du chamois lui revint. Comment se serait-il tiré de là ? (Lui non plus n'avait pas de piolet — bien qu'il eût quatre pattes.) Jamais il ne serait descendu à la verticale... Il se recueillit pour fignoler son plan... le seul possible.

Il fallait qu'il traverse le névé de biais, et horizontalement plutôt qu'en descendant (mettons dans un rapport de deux à l'horizontale à un à la verticale). Mais il y avait deux règles strictes à observer : se déplacer à la vitesse maximale (si possible par bonds plutôt que par foulées) ; et garder le corps vertical, surtout ne pas se pencher en amont.

Une performance quant au jeu de jambes. Les bras, eux, n'avaient guère qu'un rôle de balancier.

S'il se conformait bien à ces deux règles, il réussirait.

Il se mit donc en devoir de tirer la corde pour la plier, ce qui entraînait quelques gestes en extension. Ce faisant, il sentit tout à coup sous l'un de ses pieds, le pied d'appui, un frisson, sensation légère, mais insolite... comme si quelque chose se dérobait. Instinctivement, sa main fondit sur son piolet, qui n'était... pas là. Alors, il s'accrocha de tous ses doigts dans la neige, comme avec des griffes, que pouvait-il faire d'autre ? Mais cela déporta l'axe de son corps dans une direction parallèle à la pente et le sol céda tout à fait sous ses pieds. Il glissait, ni ses mains ni ses pieds n'y pouvaient rien changer ; la glissade s'accélérait ; il fonçait sur la crevasse, plus profonde et plus large que l'on n'aurait pensé... et disparut.

Le torrent Alors qu'Ull s'est depuis longtemps engagé dans son interminable lutte contre le glacier, Johann, allégrement, à ce qu'il semble, dévale la montagne. Après les pentes enneigées, il traverse la terrasse d'alpage et parvient bientôt à l'endroit même où, voilà trois jours, ils ont fait halte en montant ; là, il s'assoit à son tour. La source coule toujours et c'est presque la même heure de la journée. En bas, le pays bas... retrouver les bas-fonds, leur air lourd... la vapeur oppressante qui s'en dégage. Ses pensées volèrent en direction de l'autre, qu'il avait abandonné, et qui accomplissait maintenant là-haut ses exploits, qui peut-être déjà, se tenait sur un sommet. (Comme il se trompait dans ses suppositions !) Il eut sommeil et, au même instant, un affreux cafard. Tout à coup, un spasme le prit à la gorge et il vomit.

Il se leva, se secoua, il fallait bien qu'il y retourne, dans les fonds. Le flanc de montagne qui avait pris tant d'heures à gravir fut en vitesse descendu. (Voilà qu'il était devenu excellent marcheur.) Il arriva au hameau — quelques maisons, et à peine l'ombre d'une présence humaine — entouré de prairies et de champs presque plats. Ce relief se trouvait à cinquante ou cent mètres au-dessus du niveau de la vallée « voisine » (qui, vue d'ici et provisoirement, n'était plus tant voisine que « principale »), et c'était en face, sur l'autre versant, que passait la route empruntée par l'autobus. Seulement, cet autobus les avait déposés un bon bout de chemin plus haut dans la vallée, là où commençait le sentier, et c'est en rebroussant chemin, en descendant la vallée, quoique en montant, qu'ils étaient parvenus en ce point. Ce détour, Johann désirait à présent l'éviter.

Il laissa donc le sentier et prit à travers champs. Il saurait bien franchir le ruisseau — la petite rivière — sans passerelle, ne serait-ce qu'en sautant un peu, d'un rocher à l'autre — ils abondent dans ces torrents ; et si ce n'était là, ce serait ailleurs. Quant à la pente qui y menait, quel genre d'obstacle pouvait-elle présenter ? D'abord des prairies, puis une sorte de bois, haut comme deux maisons, à peine... Voilà que, brusquement, à un ou deux champs de distance, un paysan, l'outil sur l'épaule, lui faisait des signaux énergiques.

« Comment... interdit ? cria Johann.

— Non... dangereux ! »

Un rire phénoménal, non sans rapport avec le hennissement d'un cheval, fut la seule réponse... En voilà une chose à lui dire, à lui, l'alpiniste de haute montagne ! Qu'est-ce que ce cul-terreux, qui venait lui parler de danger... un cul-terreux simplet qui n'avait certainement jamais été plus haut que l'alpage... que savait-il des remparts de glace dans les hauteurs ?

Un alpiniste de haute montagne ! Ou seulement le coéquipier d'un véritable alpiniste que, certes, il venait d'abandonner, mais cela ne comptait plus maintenant : ils étaient de la même race, celle du haut, et non celle du bas... Ainsi donc, à peine revenu dans les fonds, il retirait déjà de son contact avec Ull un sentiment d'orgueil, de prétention... Ull lui-même n'aurait pas traité avec tant de mépris le conseil de ce paysan.

Plus résolument que jamais, Johann poursuit sa route. La prairie se penchait en entrant dans un bois d'un genre particulier : les sapins clairsemés étaient seuls à y offrir une prise assurée ; entre eux, la végétation couvrait tout. Ces plantes, parentes de la rhubarbe, semble-t-il, mais à tiges plus fines et plus longues, formaient un véritable toit de feuilles ; le sol, que l'on ne voyait pas, n'offrait au pied qu'un appui médiocre, et le piolet même ne servait à rien (du fait que l'on ne pouvait le diriger, sous le toit végétal) ; ce sol se compose en effet de terre humide, de boue, et surtout de pierres plates sur lesquelles l'eau ruisselle. Johann commence à déraper ; il n'y a pas un arbre à portée de la main ; il attrape des plantes qui lui restent entre les doigts et l'accompagnent au précipice ; il s'écrase dans le lit du ruisseau, sa tête heurte un rocher.

Est-ce un ruisseau ou un petit fleuve ? Comme on voudra ; disons que, plus bas dans la vallée, là où il s'élargit et s'apaise, on peut parler d'un petit fleuve ; mais ici, c'est un joli torrent de montagne. Son débit n'est pas gros ; mais l'eau roule puissamment d'un côté puis de l'autre, contournant des rochers qui n'offrent pas de prise, ou pas assez, parce qu'ils sont glissants et ronds ; déjà, Johann est entraîné par le courant, tête en bas, tête en l'air, lancé contre un rocher, puis, quoiqu'il s'en défende, balancé contre un autre rocher, se retrouvant en eau plus profonde, gargouillant, suffoquant (car il y avait même des trous d'un ou deux mètres) ; ainsi — sans qu'on pût déterminer ce qui, des chocs à la tête ou de l'eau, en fut cause — il succomba en quelques instants.

Cette rapidité est remarquable. Par contraste avec le cours de sa vie, où tout s'était pratiquement joué avec une lenteur mélancolique... Et la fin d'Ull, comptée à partir de la perte de son piolet, prit environ vingt-quatre heures ; ou, si les heures de nuit sur la plate-forme dans le gel à pierre fendre, comptent pour dix (car le temps ne mesure pas toujours la même chose), plus de cent heures. Cela ne contrastait-il pas aussi avec sa nature, avec l'ensemble de son comportement ? Ils avaient donc entre eux changé de rôles pour mourir ; et la question surgit — absurde, peut-être — de savoir s'ils n'auraient pu en faire autant, au moins un peu — dans la vie ?

TABLE D'ORIENTATION

PISTES BIBLIOGRAPHIQUES EN FORME DE DEVINETTE

René Daumal, *Le Mont analogue*
(Gallimard, 1953)

Jean Ferry, « La Maison Bourgenew »
(*NRF*, 1953)

Sylvain Jouty, « La Paroi »
(*Queen Kong*, Fayard, 2001)

Christoph Ransmayr, *La Montagne volante*
(Albin Michel, 2008)

Yak Rivais, *La Paroi*
(Deleatur, la Nouvelle postale, 1981)

Chacun de ces textes aurait mérité de figurer ici, en guise de postface ; histoires d'ascensions paradoxales, ces (courts) récits forment des microcosmes saturés de poésie, de sens, de symboles. La montagne y est tour à tour une image du rêve, du monde ou de la vie humaine. Et dans *Ascension*, qu'est-elle ?

DU MÊME AUTEUR

Tous les hommes
presque toujours s'imaginent,
Rencontre, 1971 ; Aire, 1981 ; rééd. 2003

Chemin de nuit,
Aire, 1982 ; rééd. L'Âge d'homme, 1995

Nuances et maximes,
Aire, 1984

Notes ou *De la réconciliation*
non prématurée,
L'Âge d'homme, 1989

Le petit Cheval,
Zoé , 1990 ; rééd. 2006

Journal d'adolescent,
Zoé/Aube, 1992

Impressions,
Le Passeur, 1995

Paris 1926,
trad. Yann Bernal, Attila 2012

DANS LA MÊME COLLECTION

La tombe du tisserand,
de Seumas O'Kelly

Dans le tourbillon,
de José Antonio Labordeta

L'Alpiniste,
de Bernard Amy

Histoires enfantines,
de Peter Bichsel

Tirée
deux mille
et deux fois, cette
réédition d'*Ascension*
a été achevée d'imprimer un matin
d'avril 2014, sur les hauteurs enneigées
de Charleroi, par les bons soins de M. Bietlot.
La maquette a été dessinée pour Attila
par Dominique Bordes.

isbn 978-2-91708-402-1
Dépôt légal hiver 2007